# 밥만 먹고 레벨업

박민규 게임 판타지 장편소설

WISHBOOKS GAME FANTASY STORY

11

**박민규 게임 판타지 장편소설**

초판 1쇄 찍은 날 | 2020년 9월 07일
초판 1쇄 펴낸 날 | 2020년 9월 14일

지은이 | 박민규
펴낸이 | 권태완 우천제

기획 | 위시북스
편집책임 | 한준만
편집 | 위시북스

펴낸곳 | ㈜케이더블유북스
등록번호 | 제25100-2015-43호
등록일자 | 2015. 5. 4
KFN | 제2-50호

주소 | 서울시 구로구 디지털로31길 38-9, 401호
전화 | 070-8892-7937 팩스 | 02-866-4627
E-mail | fantasy@kwbooks.co.kr

ISBN 979-11-293-6253-7 04810
       979-11-293-4001-6(set)

밥만 먹고 레벨업

11

# CONTENTS

# 1장
# 영지 방어전(2)

아테네가 오픈한 지는 고작 2년 남짓이 되어간다. 즉, 아직 숨겨진 강자들은 많이 존재한다. 특히나 NPC나 몹 중에서.

하지만 그런 것을 감안하더라도 좌절의 살육자 코니르는 미쳤다는 말밖에 나오지 않을 정도로 레벨이 높았다.

이어서 아벨이 똑똑히 보았다. 한 길드원이 좌절의 살육자를 향해 돌진하고 있었다.

"아, 안······!"

그 말이 끝나기도 전에 이미 그는 맹수의 침공을 사용, 허공 높이 도약하여 사자의 손으로 좌절의 살육자를 공격하고 있었다.

그 순간.

파파파파파파팟-

'좌절의 살육자'의 검이 빠른 선을 그리며 움직였다.

[길드 채팅: 칸쵸 님이 강제 로그아웃 당하셨습니다.]

"……!"

그리고 '좌절의 살육자'의 등장과 함께, 레전드 길드가 주춤 주춤 밀리기 시작했다.

"이 ×발!"

로크가 좌절의 살육자에게 돌진하여 거대한 쌍도끼를 휘둘렀다. 두 개의 강력한 힘이 좌절의 살육자를 향해 날아갔다.

팟-

그 순간, 부드럽게 움직인 좌절의 살육자의 검이 검기를 허공에서 소멸시켰다. 이어서 놈의 검 끝에서 뻗어진 검기가 로크의 어깨를 관통했다.

"큽!"

로크가 뒤로 밀려났다.

타타타탓!

서둘러 몸을 날린 아벨. 그가 좌절의 살육자가 로크의 목을 치려던 때에 재빨리 연막을 뿌렸다.

평!

푸쉬이이이이익-

그리고 빠르게 로크와 뒤로 빠졌다.

"저 자식 강해……."

"엄청 강하군요…… 저걸 잡으라고 만든 건지……."

아벨은 주변을 둘러봤다. 선전하던 길드원들이 하나둘 밀리거나 쓰러지려 하고 있었다.

"허억- 허억."

거친 칸의 숨소리가 아벨에게까지 들려오는 듯했다.

그에 해설자들이 외쳤다.

[끝입니다.]

[여기까지가 한계군요. 하지만 레전드 길드 아주 잘해줬습니다.]

[이 정도라면 훌륭하군요. 위쪽의 검은 마법사 알리 또한, 여전히 번뇌의 살육자를 처리하지 못했네요.]

[이제 남은 건 태양 길드 연합이군요.]

그리고 한편으로 많은 시청자가 아쉬워하고 있었다. 그래도 박수를 쳤다.

[그래도 잘했다, 레전드.]

[이 정도면 선방했지, 솔직히 누가 저 인원으로 천 마리 넘게 학살하냐?]

[ㅇㅈㅇㅈ, 이제 템들 떨구고 후딱후딱 죽자!!]

하지만 그때, 지니가 신호탄을 쏘았다.

"튀어!!"

[튀, 튀어……? 어디로요?]

[튈 곳이 있나요?]

해설자들이 의아함을 표출했다.

그리고 앞쪽에서 싸우던 레전드 길드원들이 일제히 필립 마을로 도망쳤다.

따라오는 몹들을 정리한 그들이 안으로 입장한 순간 지니 가 외쳤다

"전쟁 포인트 25만을 사용, 벙커로 전환한다."

**[250,000포인트를 사용하셨습니다.]**

**[필립 마을이 벙커형 마을로 변형됩니다.]**

그 순간, 이변이 일어났다. 마을로 진입하려던 마족 하나는 땅이 흔들리는 것을 느꼈다.

연이어.

챙!

땅에서 솟아난 정체 모를 쇠 날에 그의 몸이 반으로 갈라졌다.

촤촤촤촤촤촤촤촥!

땅에서 솟아난 쇠 줄기들이 필립 마을을 둥글게 감싸기 시 작했다. 그것은 마치…….

[거, 거북선?]

[뭐, 뭐죠? 예상외의 이변이 일어나고 있습니다!]

마을 전체를 뒤덮은 단단한 그것들은 하나같이 뾰족한 가시가 솟아나 있었다. 말 그대로 벙커, 그리고 거북선 같은 모양새였다. 그리고 몹들이 쉽사리 깨지 못하고 있었다.

바로 그때, 윗부분의 정중앙이 열렸다. 그리고 그 안에서 튀어나온 것.

"키에에에에에에에!"

[요, 용입니다!]
[용이 튀어나옵니다!!]
[이, 이럴 수가. 방송 최초로 용이 모습을 드러냅니다!!]

검은색 용 한 마리가 날아올랐다. 그 위에는 몇 사람이 타고 있었다.

그치지 않고, 그 밑에서 날아오르는 또 다른 용 한 마리!!

[커헉!!]
[요, 용이 두 마리입니다!!]
[미친! 용 테이밍 마스터라도 있는 겁니까?]

그리고 검은 용의 위에 선 한 사내는 팔짱을 끼고 있었다.
지니가 희열의 미소를 지었다.

"2군 출격이시다."

그와 함께, 검은 용 위의 사내의 입이 열렸다.

시청자, 마족군단, 그리고 해설자들까지 숨을 죽이고 그 입에 집중했다.

"포효해라! 흑염룡과 아이들!!"

그리고 지니의 얼굴이 울먹임으로 변했다.

"아, 아버님…… 제, 제발……."

[흐, 흑염소와 아이들이요?]

순간, 해설자의 잘못된 번역에 실시간 검색어 1위로 '흑염소와 아이들'이 떠올랐다.

지니는 벙커형 요새의 방어력과 외형, 특수한 힘 등을 구매하기 전에 홀로그램으로 미리 확인할 수 있었다. 필립 마을을 확보한 것에 대한 특권이라고 할 수 있었다.

그리고 1군과 2군으로 나눴다.

1군은 레전드 길드원들 상당수, 그리고 2군은 흑염룡과 아이들이었다. 흑염룡과 아이들은 총 일곱 명으로 구축되어 있다. 그러한 그들은 어지간한 레전드 길드원들보다 더 강력한 무력을 발휘했다. 특히나 두 마리의 용은 레전드 길드원 일인만큼의 힘을 냈다.

그에 지니는 작전을 짰다. 대규모 전쟁전. 특히나 상대편 물량이 많다면 일정 시간 휴식 시간이 필요하다. 포션을 마시고 쿨타임을 회복하며 스태미나를 회복할 시간 말이다. 그것을 벙커 안에서 하는 것이다.

그리고 2군이 튀어나가고 2군이 지치면 교대로 1군이 튀어나간다.

또한, 벙커는 생각보다 더 단단하고 강력한 힘을 가지고 있었다.

"키에에에에에!"

하늘 높이 날아오르는 브레트니와 데스티니의 입에서 강력한 힘이 응축되기 시작했다.

[파, 판타지 소설에서나 보던 그것입니다!]
[요, 용의 브레스!!]

그 순간, 브레트니의 입에서 거대한 화염 브레스가 쏟아졌다.

푸화아아아아앗!

그리고 지지 않겠다는 듯 빙룡 데스티니의 입에서 얼음 브레스가 쏟아졌다.

벙커가 된 필립 마을을 둘러싸고 있던 병력 중 브레트니의 화염에 직격당한 마물들이 재가 되어 사라졌다. 빙룡 데스티니의 브레스에 직격당한 존재들은 순식간에 머리까지 얼어붙었다.

그 순간, 데스티니의 위에 있던 제네럴이 방패를 던졌다.

촤르르르르르륵-

맹렬한 회전을 일으키는 사각 방패가 지상으로 하강해 자아를 가진 듯 얼어붙은 마물들을 부수며 움직였다.

콰득- 콰득- 콰득!!

탁!

저절로 회수된 방패를 한 손으로 잡아챈 제네럴. 그는 비록 레전드 길드원들이나, 4인의 하이에나, 흑염룡처럼 강하진 않았지만 나름 준랭커에 이름을 올린 인물이었다.

그리고 마법사 킬레의 손에서 하얀 빛줄기의 채찍이 생겨났다.

촤르르르르륵!

길게 뻗어진 채찍이 허공 위에서 검은 마법사와 사투를 벌이는 '번뇌의 살육자'의 발목을 감쌌다.

"이, 이런 비겁한……!"

1:1 대결을 펼치고 있던 번뇌의 살육자가 외쳤다. 그에 플라이로 빠르게 그녀에게 근접한 알리가 외쳤다.

"죽고 사는 것에 비겁한 게 어딨나!!"

그리고 추락하는 그녀의 위로 폭풍 같은 마법을 쏟아냈다.

"더블 파이어 볼! 윈드 커터, 라이트닝 소드!!"

채채채채채채챙-

그녀의 앞으로 빠르게 수십여 가닥의 실드가 겹겹이 형성되었다.

쾅 쾅쾅쾅쾅 쾅쾅쾅-

쉴 새 없이 몰아치는 마법을 방어해 낸 그녀는 손가락을 이용해 디스펠을 사용했다.

콰아아앙-

"쿨럭!"

곧 땅에 처박힌 그녀의 발목을 감쌌던 빛줄기의 채찍이 스르르 사라졌다.

데스티니의 위에 탑승한 킬레가 매서운 속도로 마법을 연사했다.

"가소로운 것들!"

킬레의 마법을 빠르게 방어해 내며 연이어 마법을 캐스팅. 허공 위의 킬레를 향해 마법을 사용했다.

파아아아아앗-

거대한 파이어 볼이 총탄처럼 빠르게 날아갔다. 킬레가 서둘러 실드를 생성했다.

콰지익-

하지만 검은 마법사 알리라면 모르지만 킬레가 감당할 수 있는 마법이 아니었다.

콰드드드득- 콰장창!

실드가 깨지며 킬레에게 직격하려는 순간, 제네럴이 앞으로 나서 방패로 힘껏 쳐냈다.

"같잖군……."

허겁지겁 방어에 급급한 그들을 보며 번뇌의 살육자가 실소를 머금었다.

그러다 아차 했다. 마법을 끊임없이 난사하던 알리가 조용했기 때문이었다.

그가 다급하게 고개를 돌렸을 때, 보였다. 하늘의 찢어진 공간에서 빛과 같은 속도로 하얀 점의 무언가가 빠르게 쇄도하고 있었다.

그리고 그 무언가는 어느덧 찰나 그녀의 눈앞에 나타나 있었다.

퍼짓!!

거대한 빛의 창이 그녀의 가슴을 관통했다.

단일 대미지 최강의 마법. 디스였다.

"쿨럭!!"

그녀는 막대한 대미지에 경악했다.

그때를 놓치지 않고 킬레와 검은 마법사 알리가 마법을 난사했다.

콰콰콰콰콰콰콰콰쾅!!

"꺄아아아아아아악!"

"회복 능력이 있으니, 형체도 없이 소멸시켜야 합니다."

"알았네! 파이어 필드!"

화르르르르르륵!

키메라들은 셋 전부 말도 안 되는 회복 능력을 갖추고 있었다. 때문에 두 사람이 마법을 미친 듯이 쏟아부었다. 알림이 울리기 전까지!

이어서 알리에게 알림이 퍼졌다.


**[번뇌의 살육자 케니를 사냥하셨습니다.]**

[경험치 2,552,315를 획득합니다.]

[레벨업 하셨습니다.]

[기여도 194,171을 획득합니다.]

[번뇌의 지팡이를 획득합니다.]


"예쓰!"

검은 마법사 알리가 희열했다. 실질적으로 킬레와 함께 사냥했기에 기여도와 경험치를 나눠서 먹었다. 또한, 번뇌의 지팡이는 레전드 길드와 균등하게 나눌 예정이었다.

검은 마법사 알리가 다시 전장에 합류했다. 그와 함께, 거대한 용 두 마리의 브레스를 각 세 번씩 발현하고 더 이상 발현 불가임을 안 흑염룡이 지시했다.

"하강!"

"하강!!"

빠른 속도로 하강한 여섯 명의 이들이 매서운 속도로 필립 마을에 붙는 몹들을 처리했다.

그리고 흑염룡은 브레트니와 데스티니의 위에서 빠른 속도로 비행하여 실버 울프들을 공격했다.

콰지이익!

"크라아아악!"

그 단단한 갑각을 가진, 실버 울프들의 피부를 꿰뚫고 데스티니의 이빨이 박혔다.

그리고 그 위에 올라탄 흑염룡이 매섭게 놈을 노려봤다.

그동안 흑염룡 또한 폭렙을 하였다. 말도 안 되는 템빨과, 또한 의외의(?) 게임 실력을 갖춘 그는 브레트니, 데스티니라는 용 두 마리를 안고 엄청난 광렙을 해왔고 전보다 훨씬 강해졌다.

[대상인의 검무]
[춤추듯 적을 유린하는 빠른 쾌검.]

검은 검이 잔상을 남기며 수십여 번 실버 울프를 난도질했다.
풋풋풋풋풋풋풋-
"키랴아아아악!"
쿠우우우웅-
한 마리의 실버 울프가 쓰러졌다. 실버 울프 첫 사냥이었다.
그치지 않고 흑염룡은 날카로운 눈으로 몰려오는 마물들을 살피며 검을 던졌다.

[이기어검]
[명령에 따라 허공을 배회하는 검.]
[일시적으로 추가 공격력 170%가 추가됩니다.]

핏핏핏핏핏핏핏핏핏-
일직선으로 뻗어 나간 흑염룡의 검이 단숨에 적들을 꿰뚫었다. 그가 팔을 움직이는 동선대로 그 검이 움직였다.
이윽고, 정중앙에 들어간 흑염룡의 검.

[가시 축제]
[검에서 뻗어 나간 추가 공격력 140%를 발현하는 가시들이 주변의 적들을 꿰뚫습니다.]

그 검에서 흑빛의 가시 수백여 가닥이 튀어나와 적들을 꿰뚫었다.

푹푹푹푹푹푹푹푹푹푹-

그리고 꾸물거리며 다시 검에 스며들어 왔다. 흑염룡이 손을 움직이자 손에 착 감기며 회수되었다.

[와, 가, 강력합니다!!]

[흑염소와 아이들은 예상외의 복병이었습니다. 말도 안 되는 강력한 힘을 발현! 적들이 필립 마을에 붙지 못하도록 방어합니다!!]

그리고 바로 그때, 또 다른 이변이 일어났다.

거북선처럼 둥근 벙커형 필립 마을에 솟아나 있는 수백여 개의 가시들!

지니가 중얼거렸다.

"용화포 발사."

[용화포를 발사합니다.]

[포인트 30,000을 사용합니다.]
[사용 가능 횟수 2/3]

츄르르르르르륵! 츄르르르르르르르륵!

수백여 개의 가시가 빠른 속도로 적들을 향해 쇄도했다. 그리고 가시에는 기다란 쇠사슬이 달려 있었다.

퍼짓- 퍼짓-

몰려오던 적들을 단숨에 관통한 뾰족한 가시들이 이윽고 폭발을 일으켰다.

콰콰콰콰콰콰콰콰콰쾅!

주변에 있는 적들까지 쓸어버린 용화포는 어마어마한 위력을 발산했다.

촤르르르르르!

그리고 저절로 회수되었다.


[어마어마하군요.]

[저런 특별한 마을이 숨어 있었을 줄이야.]

[레전드 길드가 엄청나게 선전합니다!]

[기여도 1위를 향해 맹렬하게 달립니다!!]

[예상외입니다. 5분, 10분도 버티지 못할 것이라고 네티즌들의 의견이 분분했지만, 현재 20분을 넘어갑니다.]

[말씀드리는 그 순간, 2군이 다시 용들의 위에 탑승, 다시 마을의 윗부분을 통해 안으로 들어갑니다!]

[다시 레전드 길드원들이 모습을 드러냈습니다.]
[아주 똑똑한 전략입니다!!]

엘프의 왕 고든.

그는 천 리를 볼 수 있는 천리안을 가지고 있었다. 때문에 예상외로 선전하고 있는 필립 마을 방어진을 보며 감탄했다.

하지만 그의 얼굴엔 곧 어둠이 드리워졌다.

'아직 루펠은 모든 키메라를 보낸 게 아니야…….'

그놈들이 나온다면 결국 버티지 못하고 무너질 것이다.

바로 그때였다.

투두두두두두두-

고든의 귀에 정체 모를 소리가 들려왔다.

엘프들은 대부분 청각과 시각이 매우 뛰어난 편이었다. 그리고 그중 고든은 다른 이들보다도 훨씬 더 뛰어났다.

'말발굽 소리?'

그의 고개가 소리가 들리는 곳으로 돌아갔다.

루펠은 놀라고 있었다.

'서른 명도 채 안 되는 저 숫자로…….'

벌써 병력의 1/6을 사냥했다.

그리고 결정적인 것은 바로 저 필립 마을의 벙커였다. 화살과 마물들의 공격 등이 이어지고 있음에도 불구하고 생채기하나 생기지 않고 있었다.

하지만 곧 루펠이 비릿하게 웃었다.

그는 죽음의 살육자에게 지시를 내렸다. 폭발시킬 것을.

그들 또한 아직 수가 많이 남아 있었다. 결국에 저 벙커는파괴될 것이다.

"허억허억허억."

"크흑, 위험했다."

"지금 길드원 두 명 죽었어."

또 한 번 밖에 나가서 몹들을 사냥하고 교대해서 벙커로 들어온 레전드 길드는 재빠르게 포션을 구매 복용했다.

그리고 2군인 흑염룡과 아이들이 다시 투입되었다.

밀고 당기는 듯한 전투가 이어지는 듯 보였지만 이번 전투로 두 명의 길드원이 추가로 로그아웃 당했다. 숫자가 줄어들수록, 레전드 길드는 압박받고 있는 것이다.

[벙커가 1,315의 피해를 입습니다.]
[벙커가 1,161의 피해를 입습니다.]

또한, 레전드 길드원들에게는 벙커의 현재 방어력 현황과 피해 현황이 보였다.

**[필립의 거북선 벙커. 503,000/601,315]**

아직도 무너지려면 멀었다. 이 정도라면 앞으로 한 두 시간은 더 버틸 수 있다.

그런데, 그때. 아스갈이 바깥을 내다보다가 중얼거렸다.

"저, 저게 뭐야?"

"뭐?"

지니가 서둘러 걸음을 옮겼다. 그리고 아스갈의 말처럼 앞을 내다봤다. 그리고 경악할 수밖에 없었다.

아까 전에 보았던 폭발하는 헬하운드들보다 훨씬 더 커다란 존재들이 달려오고 있었다.

또한, 피부는 녹아내린 검은 피부가 아닌, 은빛으로 번들거리는 피부였다. 심지어 일반 헬하운드들보다 2~3배는 더 빨랐다.

타타타타타타탓-

그러한 놈들 수백 마리가 일제히 달려오고 있었다.

"키에에에에에에!"

브레트니가 브레스를 쏘아냈다. 하지만 그럼에도 불구하고 놈 중, 아주 극히 일부만 사냥 되었다.

"막아!!"

혹염룡이 불길한 예감을 직감하고 외쳤다.

길드원들이 맹공격을 퍼부었다. 하지만 실버 울프처럼 생채기만 생길 뿐 큰 타격을 받지 않았다. 그들의 일격 필살 스킬로 겨우 한두 마리를 사냥할 수 있을 정도였다.

"미친……!"

곧 놈들이 높게 도약해 올랐다. 그리고 자석처럼 벽에 붙기 시작했다.

척척척척척척-

놈들이 벽에 붙는 순간이었다. 멀리 있는 죽음의 살육자가 보였다.

놈이 손가락을 퉁겼다.

따악-

그 순간.

콰콰콰콰콰콰콰콰콰쾅!

[벙커가 16,313의 피해를 입습니다.]
[벙커가 14,615의 피해를 입습니다.]
[벙커가 11,316의 피해를 입습니다.]
[벙커가 19,625의 피해를 입습니다.]

쉴새 없이 피해를 입는 벙커.

그리고. 불길한 소리가 들려오기 시작했다.

쩌저저저적-

"진짜 완전 자살 특공대잖아……."

"심지어 자신들의 자의로 폭발했어……."

**[필립의 거북선 벙커. 213,000/601,315]**

순식간에 벙커의 내구도가 극한까지 치달았다. 하지만 여전히 방금 전의 그 헬하운드들이 달려오고 있었다.

'벙커가 무너지면…… 우린 10분도 버티지 못해……'

지금 모두가 지쳐 있다. 또한, 광역 스킬은 1시간 정도로 쿨타임이 차지 않는다. 때문에 바로 전멸할 것이었다.

콰콰콰콰콰콰쾅!

그때 또 한 번의 충돌이 벙커를 뒤흔들기 시작했다.

쩌저저저저저저적-

방어막 곳곳에 균열이 일어났다.

지니가 서둘러 용화포를 발사했다. 폭발하기 전에 최대한 많은 놈을 사냥해야 했다.

"용화포 발사."

**[용화포를 발사합니다.]**

**[포인트 30,000을 사용합니다.]**

**[사용 가능 횟수 1/3]**

촤르르르르륵!

콰콰콰콰콰콰쾅!

주변의 마물들이 터져 나갔다. 그리고 다시 창극이 회수된 때에, 그녀는 또 한 번 용화포를 발사했다.

"용화포 발사."

[용화포를 발사합니다.]
[포인트 30,000을 사용합니다.]
[더 이상 용화포를 사용할 수 없습니다.]

그리고 그 순간.

콰드드드드드드득!

거미줄처럼 벽들에 균열이 생겨나기 시작했다. 이윽고 알림이 울렸다.

[필립의 거북선 벙커의 내구도가 소진됩니다.]
[파괴됩니다.]

"모두 피해!!"

잔재들이 길드원들을 덮칠 것이었다.

지니의 명령에 따라 길드원들이 빠르게 움직였다.

"으아아아아아!"

"제기랄!"

"× 됐다!"

이제 자신들은 죽을 것이다.

쿠르르르르르르-

MC 쟌은 벙커가 무너지고 뿌연 연기가 피어오르자 자신조차도 절망했다.

'아, 안 돼…….'

소수 정예의 레전드 길드는 우리나라 최고가 어디인지 낱낱이 보여주었다. 하지만 결국에 벙커는 무너졌고 곧 전멸할 것이었다.

바로 그때였다. 검은 용을 타고 날아다니는 사내. 그 사내를 향해 죽음의 살육자가 본 드래곤을 소환했다.

그 본 드래곤은 일반 본 드래곤이 아니었다.

'본 드래곤 로드?'

테이밍 마스터 쟌이었기에 그녀는 알고 있었다. 죽은 용 중에서 가장 강력한 용이었다.

곧이어 빙룡과 불의 용 두 마리가 주인을 지키기 위해 맹렬히 싸웠다. 하지만 압도적인 본 드래곤 로드에 의해 쓰러졌다.

그리고 바닥에 쓰러진 흑염소. 그는 굴하지 않는 표정으로 본 드래곤 로드와 죽음의 살육자를 노려봤다.

바로 그때였다.

갑자기 ATV 쪽에서 음성이 송출되어 왔다.

[저, 저거 뭐지?]

[헉!! 저게 뭐야?]

[구, 군대다!!]

곧이어 쟌이 새롭게 떠오른 스크린으로 시선을 돌렸다.

그곳에는 150마리의 말들이 하얀 백마 두 마리의 이끌림에 따라 달렸다. 그 위에는 엘프 한 명이 있었다. 그리고 또 다른 말 위에는 양은냄비를 쓴 아기 돼지가 있었다.

150명이나 되는 군대들. 심지어 그들은 기사들로 추정되었다.

그런데, 곧 더 놀라운 이변이 발발했다.

내달리고 있는 150명의 병력의 뒤로 검은 기류가 일렁이기 시작했다.

이윽고, 그 검은 기류들은 단단한 흑빛 갑옷과 창, 검, 활 등 다양한 병장기를 착용한 병사들을 만들어냈다. 곧이어 150이 었던 병력이 600 이상으로 늘어났다.

그리고 그때 또다시 음성이 들렸다.

[3번 카메라!!]

[쟌 양, 3번 카메라 봐주세요!!]

그에 쟌의 고개가 홱 돌아갔다.

3번 카메라는 높은 허공을 비추고 있었다. 그리고 그 허공에서 본 와이번 떼에서 떨어져 내리는 정체 모를 무언가가 있었다. 그는 흑염소를 공격하려는 본 드래곤 로드 위로 떨어지고 있었다.

이윽고, 형체가 잡혔다. 그는 거대한 무기를 들고 있었다.

그 무기를 눈을 가늘게 좁혀 확인한 쟌. 그녀가 눈을 휘둥그레 떴다.

'프, 프라이팬?'

어마어마한 크기의 프라이팬.

빠른 속도로 하강한 그가 단숨에 흑염소를 공격하려는 본 드래곤 로드를 밑에서 떨어지는 힘과 본인의 힘을 이용해 내려쳤다.

콰아아아아아아아아앙-

본 드래곤 로드가 땅에 처박혔다.

그 앞에선 사내의 주변으로 두 개의 검은 식칼이 날아다니며 주변에서 몰려오던 적들을 꿰뚫기 시작했다.

해일처럼 밀려오던 마물 군단이 그 옆을 파고들기 시작하는 아기 돼지와 병사들에 의해 길이 뚫렸다. 그 안에서 병력은 놀라운 힘을 발현하며 싸우기 시작했다.

해설자인 쟌은 알 수 있었다. 저 프라이팬의 주인은 오로지 단 한 사람뿐이었다. 바로 식신 민혁.


[프, 프라이팬 살인마가 등장합니다!! 수백 명의 병력과 함께 말입니다!!]

그리고 그 시각 방송국의 김대국 PD가 눈을 크게 뜨며 물었다.

"프, 프라이팬 살인마? 지금 시청률 몇%야?"

"35% 아, 아니, 37% 아니……! 40% 넘어섭니다!!"

"빠른 속도로 시청률이 늘어나고 있습니다."

"입소문을 타고 시청자들이 증가하고 있습니다."

"우리나라 왕의 전당에 오른 두 명의 유저의 등장입니다!!"

그리고 김대국 PD 또한 경악한 표정으로 프라이팬 살인마를 보았다.

'도대체 저 병력은 뭐야?'

기사들은 콜로디스 제국과 이필립스 제국의 문양이 그려져 있었다.

하지만 저 검은 기류에 휩싸여 나타난 정체 모를 병력은 뭐란 말인가? 심지어 기사들에 뒤처지지 않게 강력하기까지 했다.

그런 의문을 품을 때였다. 또 다른 이변이 일어났다.

레전드 길드 대부분이 돌에 깔려서 강제 로그아웃 당했을 거라고 생각했다.

하지만 그 틈에 한 사내가 있었다. 바로 전설 탐사꾼 라크였다.

중력을 다스리는 힘을 가진 라크! 그가 얼굴이 붉게 물든 채 온 힘을 담아 주변에서 떨어지는 돌의 잔재들을 받치고 있었다.

"끄아아아아아아!"

콰아아아아아아아앙!

잔재들을 전부 몰려오는 몹들을 향해 치워 버린 라크! 거대한 돌무더기들이 단숨에 몹들을 쓸어버렸다.

"미, 미쳤군……."

또 한 번의 김대국 PD의 감탄사.

여전히 시청률은 고공 행진 중이었다.

"시청률 45% 돌파!!"

자, 이제 프라이팬 살인마. 당신은 무엇을 할 것인가.

곧이어 그는 흑염소와 무언가 이야기를 나누기 시작했다.

이어서 먼 곳에서 목소리가 들려왔다.


[동료오오오오오!!]


모든 카메라가 집중되었다.

그곳에 검은 마법사 알리가 플라이 마법으로 허공에 떠오른 채 민혁을 보며 쾌활하게 웃고 있었다.

카메라가 그의 손목을 클로즈업한다. 'X'라는 증표가 있었다.

'뭐야? 민혁과 검은 마법사 알리가 아는 사이인 거야? 이것 역시 특종이다. 왕의 전당에 오른 두 유저가 친하다?'

그리고 그 순간. 민혁도 팔을 들어 올렸다. 그와 함께 흑염소와 아이들도 팔을 들어 올렸고, 머뭇거리던 레전드 길드원들도 팔을 들어 올렸다. 그들의 손목엔 하나같이 'X'가 선명하게 있었다.

[동료오오오!!]

[동료오오오!!]

[동료오오오오오!!]

그에 김대국 PD가 픽 하고 웃어버렸다.

"×신 같은데, 멋있잖아……?"

루완과 그 길드원들을 구했던 민혁. 그들을 구출하는 데 민혁이 소요한 시간은 고작해야 5분밖에 되지 않았다.

차마 허탈한 표정으로 죽어가는 루완을 무시하고 지나칠 수 없었던 민혁이었다.

어느덧 아르곤 왕자가 말했던 수풀과 나무가 우거진 곳으로 진입한 병력들은 빠른 속도로 달리기 시작했다.

민혁은 한참 전쟁 중인 벙커가 된 필립 마을과 몰려오는 적들을 볼 수 있었다. 그리고 아버지 흑염룡을 찾을 수 있었다.

아버지는 때마침 거대한 크기의 뼈로 구축된 드래곤과 치열한 전투를 벌이고 계셨다. 그리고 밀리기 시작하는 걸 볼 수 있었다.

'저 개자식들이!'

민혁에게 아버지란 각별한 사람이었다. 혹시나 그러한 아버지가 과거처럼 PK를 당하진 않을까, 혹은 로그아웃 당하진 않을까 하는 생각이 들었다. 그 때문에 한달음에 달려온 것이다. 본 드래곤 로드에게 민혁은 크나큰 분노를 느꼈다.

말에 탄 병력이 계속해서 달린다. 그 순간, 본 드래곤 로드가 아버지를 집어삼키려 하고 있었다. 그에 민혁은 빠르게 '순간 이동 양피지'를 꺼내 들었다.

순간 이동 양피지는 로열 상점에서 구매했다.

순간 이동 양피지는 귀환서와는 다른 개념의 아티팩트다. 귀환서의 경우 마을이나 혹은 여관 안을 지정해 놓고 이동한다. 또는 '베르마을 귀환서' 등등으로 이름이 붙어 있으면 그 마을로 간다.

하지만 순간 이동 양피지는 굳이 마을이 아니어도 자신의 눈에 보이거나 혹은 가본 곳이라면 이동할 수 있는 특별한 양피지였다.

순간 이동 양피지를 찢으려는 순간 알림이 울렸다.


[군주의 씨앗이 열매를 맺습니다.]
[500명으로 이루어진 고대의 병사를 4시간 동안 부릴 수 있게 됩니다.]
[고대의 병사 '소환'이라고 말할 시 고대의 병사들이 나타납니다.]


'고대의 병사……?'
그리고 그는 '군주의 씨앗'의 정체에 대해서 알게 되었다.

식신의 부하였다던 고대의 군주는 베로스에게 지배를 받는 것에 무척 괴로워했다. 그리고 그는 그들과 대항할 수 있는 무기인, 자신의 병력을 군주의 씨앗에 숨겨두었던 것이다.

"소환."

**[소환까지 약 1분 정도의 시간이 소요됩니다.]**

하지만 소환되기까지 기다릴 시간이 민혁에겐 없었다.

그는 단숨에 손에 들린 순간 이동 양피지를 찢으며 말했다.

"콩아, 뒤를 부탁한다."

"꾸울!"

그가 양피지를 찢는 순간 빛이 되어 사라졌다. 한 사람만을 위한 양피지였기 때문에 어깨 위에 올라가 있던 콩이가 말 위로 떨어졌다.

"꾸우울!"

당혹스러울 법도 한데, 콩이는 말고삐를 잡아 말을 몰며 빠르게 달렸다.

그리고 아르곤이 중얼거렸다.

"돼지가…… 말을 몬다……."

엘프로서 3천 년의 수명을 산 아르곤도 생전 처음 보는 놀라운 광경이었다.

흑염룡은 벙커에 달라붙은 헬하운드들이 폭발을 일으키는 걸 보았다. 그와 함께, 교대를 이루지 못한 흑염룡과 아이들이 밀리기 시작했다.

그는 브레트니와 데스티니에게 명령을 내렸다.

"적들을 쓸어라!"

"키에에에에에!"

"캬아아아아아!"

두 존재가 허공을 배회하며 밀려오는 놈들을 막아냈다.

바로 그 순간, 그의 앞으로 죽음의 살육자가 나타났다.

꽈드드드드득!

죽음의 살육자가 지팡이를 젓는 순간이었다. 땅속에서 새어 나온 뼛가루들이 거대한 형체를 만들어가기 시작했다.

서서히 구축되기 시작한 존재는 다름 아닌, 커다란 본 드래곤이었다.

그와 함께 알림이 울렸다.

[본 드래곤들의 로드와 만납니다.]
[본 드래곤의 피어가 발동됩니다.]

"크라아아아아아!"

거대한 포효와 함께 흑염룡에게 알림이 들려왔다.

**[브레트니의 브레스가 5분 동안 봉인됩니다.]**
**[데스티니의 브레스가 5분 동안 봉인됩니다.]**

"……!"

브레트니와 데스티니. 이 두 존재는 4대 전설의 용이었다.

문제는 이 두 용은 아직 완전한 성장을 해내지 못했다. 때문에 아직 기껏해야 어린 용의 단계. 반면에 앞의 본 드래곤 로드의 경우 완전체에 가까워 보였다.

드래곤이라는 컨텐츠는 아직 아테네에 완전히 풀리지 않았다.

지상 최강의 존재 드래곤은 용과 흡사하지만 달랐다.

본 드래곤의 경우 지니나 로크, 칸이 타임어택 던전에서 사냥한 이례가 있었지만, 그때 만난 녀석들은 완전히 성장하지 못한 최약체의 본 드래곤이었다. 반대로 이 앞의 놈은 완전한 성장을 이뤘으며 본 드래곤들 중 가장 위에 선 존재였다.

이를 소환한 죽음의 살육자 론드는 짙은 웃음을 머금었다. 죽은 자들을 부리는 흑마법에 상당한 경지에 오른 그는 이러한 본 드래곤 로드를 약 30분밖에 소환하지 못한다.

하지만 그 정도면 충분했다. 그 또한 데스티니와 브레트니가 아직 어린 용에 지나지 않는다는 걸 알고 있었다.

'저놈들을 죽여, 언데드로 만든다면……'

그의 입가가 찢어졌다.

그와 함께 브레트니와 데스티니가 맹렬한 속도로 날아갔다.

콰드드윽- 콰지익!

두 존재가 본 드래곤 로드의 몸 곳곳을 깨물었다. 하지만 그 순간 전해지는 것은 이빨로 밀려오는 통증이었다.

일반적인 몹과 다르게 본 드래곤 로드의 뼈는 실제 드래곤의 뼈와 맞먹는다 할 수 있을 정도로 견고하고 단단했다.

"크라아악!"

그 순간, 본 드래곤 로드의 몸 곳곳에서 튀어나온 뼈칼이 데스티니와 브레트니를 꿰뚫었다.

"키햐아아아악!"

"크라아아아악!"


[본 스피어]

[뼈의 창에 꿰뚫린 자들의 피부가 빠른 속도로 녹아내리며 끔찍한 고통을 선사합니다.]


브레트니와 데스티니가 땅에 떨어져 발버둥 쳤다. 놈들은 피부가 녹아내리는 끔찍한 고통을 느끼고 있었다.

본 드래곤이 녀석들을 끝내기 위해 접근했다. 하지만 그 앞을 흑염룡이 막아섰다.

'브레트니…… 데스티니…….'

흑염룡. 그에게 있어서 브레트니와 데스티니는 소중한 존재였다. 비록 가상 세상의 녀석들이었지만 이 세상 안에서만큼은 흑염룡의 친구이자 가족이었다.

자신은 죽어도 다시 살아난다. 하지만 이 아이들은 아니었다.

흑염룡은 매서운 눈으로 본 드래곤 로드와 죽음의 살육자를 노려봤다. 자신의 목에 칼이 들어와도 이 아이들에겐 손대게 하고 싶지 않았다.

그에 '교감'을 느낀 데스티니와 브레트니가 고통에 부르르 떨다가도 온몸을 떨며 몸을 일으켰다.

"캬하아아아악!"

"키헤에에에에!"

흑염룡을 지키기 위해 그들은 마지막 힘을 쥐어짜 냈다. 일어서려 했지만 부들거리는 다리에 다시 풀썩 쓰러지면 다시 일어섰다.

"이 녀석들······."

때론 사람보다 동물이 낫다는 말이 있듯이, 그들은 순수하게 흑염룡을 아끼고 사랑하는 존재들이었다.

"이 아이들은 건드리지 못한다. 내 목에 칼이 들어와도!!"

"호오?"

그에 본 드래곤 로드가 한 걸음 더 접근하며 그 거대한 입을 벌렸다.

"크랴아아악!"

그리고 바로 그때.

브레트니나 혹은 데스티니, 그 어떠한 존재보다도 더 그를 아끼고 사랑하며, 지키고 싶어 하는 이의 목소리가 들렸다.

"건드려선 안 될 사람을 건드렸어."

싸늘하고 차가운 목소리였다.

본 드래곤 로드와 죽음의 살육자의 고개가 올라갔다.

그 순간, 빠르게 하강하는 거대한 프라이팬을 쥔 한 존재가 있었다.

'프라이팬?'

그에 순간 죽음의 살육자는 헛웃음이 나왔다. 거대해졌다고는 하나 저딴 프라이팬으로 본 드래곤 로드의 머리에 생채기나 낼 수 있겠는가?

또한, 본 드래곤 로드의 뼈에는 자체적인 '브레이크 아머'가 걸려 있었다. 충격 시, 더 약한 광물이나 혹은 철 등으로 이루어진 무기는 충격을 되돌려 받아 산산조각이 난다. 저딴 거대한 프라이팬은 부서지고 말 것이다.

그 순간.

콰아아아아아아아아앙-

거대한 폭음이 주변을 휘감으며 흙먼지가 피어올랐다.

실실 웃음을 머금고 있던 죽음의 살육자의 얼굴에 의아함이 서렸다.

'저딴 프라이팬이…… 본 드래곤 로드의 뼈보다…… 더 단단하다고?'

그리고 똑똑히 보였다.

머리를 처박은 본 드래곤 로드.

천천히 론드의 고개가 돌아갔다. 그에 어느새 작아진 프라이팬을 든 사내가 매서운 표정으로 그를 노려보고 있었다.

"그러한 사람을 건드린 결과가 어떤 건지 이제부터 보여줄게."

민혁의 치아가 빠드득 갈렸다.

'살기……?'

그것은 살기와 흡사했다. 인간의 살기란 것을 느낀 그. 심지어 본 드래곤 로드를 한 번에 땅에 처박았다.

물론 본 드래곤 로드는 아직 죽지 않았다. 그리고 등 뒤에서 들려오는 격렬한 전투의 소리.

변하고 있다.

'마치 바람이 바뀌는 것 같군…….'

동쪽으로 불던 바람이 서쪽으로 불 듯, 인간 측 병력이 밀고 오는 것 같다.

그 모습을 뒤에서 바라보던 흑염룡.

'난 아직 네가 어리다고만 생각했다.'

폭식 결여증에 걸린 자신의 아들.

민혁이 병에 걸리고 흑염룡은 결심한 게 있었다. 이 아이의 기둥이 되어주자고. 이 아이가 좌절하지 않게 하자고. 그에 어쩌면 아직 이 아이는 자신의 보호가 필요하고 어리다고 생각했을지도 모른다.

하지만 어느덧 아들은 훌륭한 '어른'이 되어 있었다.

"네놈은 뭐냐, 말 같지도 않은 개소릴 지껄이는군."

생각에서 깨어난 죽음의 살육자가 실소를 머금었다. 갑작스러운 기습에 당한 본 드래곤 로드였다.

콰아아아아앙—

벌떡 몸을 일으킨 본 드래곤 로드가 성난 몸짓으로 민혁을 향해 돌진했다.

"키에에에에에에!"

그에 민혁은 직접 보여줬다.

"비산하는 검."

여덟 번의 기본 공격 타격 대미지를 응축시켜 한 번에 터뜨리는 비산하는 검. 넘실거리는 강력한 힘이 본 드래곤 로드를 타격했다.

콰아아아아아아앙! 쩌적.

그 순간, 본 드래곤 로드의 뼈에 금이 가는 소리가 들렸다.

'……!!'

프라이팬뿐만이 아니었다. 놈의 검도 브레이크 아머를 무시하는 더 단단한 광물로 구축되어 있었다.

그리고 민혁은 알아챘다. 놈의 뼈는 자른다고 생각해서는 안 된다. 부순다고 생각하면 된다.

그가 다시 프라이팬을 집어 들었다.

거대화시킨 프라이팬. 그 프라이팬으로 난무하는 검을 시전했다. 수십 개의 잔상이 되는 프라이팬이 본 드래곤 로드를 쉴 새 없이 타격했다.

콰콰콰콰콰콰콰콰쾅! 쩌저저저적- 쩌저적-

본 드래곤 로드 또한 어마어마한 재생력을 가지고 있었다. 고강도의 뼈에 금이 가는 순간 바로 붙는다.

하지만 지금, 회복할 수도 없을 만큼 본 드래곤 로드의 뼈에 금이 가기 시작했다.

콰아아아아아아아앙!

민혁은 난무하는 검이 끝난 순간 빠르게 '바람 같은'을 사용, 3m 거리를 좁히고 들어갔다.

그리고 이어지는 분노하는 검.

쒜에에에에에엑-

분노하는 검에 강력한 힘이 서렸다. 비록 검이 아닌 프라이 팬이었지만 그 힘이 응축되었다.

분노하는 검은 이제 공격 시 반경 2m 내의 적들을 바람의 힘으로 날려 버릴 수 있었으며 기본적으로 100% 추가 대미지를 냈다.

콰아아아아아앙!

마지막 한 방의 공격이 들어갔다.

쒜에에에에엑-

그 순간, 본 드래곤 로드가 있던 자리에 매서운 바람이 불며 땅을 찢었다.

"……!"

뒤로 날아가 바닥을 구르는 본 드래곤 로드를 보며 죽음의 살육자는 경악을 금치 못했다.

그리고 아까 전, 놈이 물었던 '네놈은 뭐냐'라는 질문에 민혁이 답했다.

"이분의 아들."

바로 그때.

콰콰콰콰콰쾅!

론드의 앞으로 마법들이 쏟아져 내렸다.

"크아아악!"

론드가 뒤로 퉁겨져 날아갔다.

민혁이 고개를 돌렸을 때, 그곳에 검은 마법사 알리가 있었다.

"동료오오오오!!"

알리가 왼팔을 들어 올려 X자를 보이며 쾌활하게 웃었다. 그와 함께, 민혁도 X자를 보이며 하늘 높이 왼팔을 들어 올렸다.

"동료오오오오!"

그리고 흑염룡. 그는 진심으로 감탄했다. 너무도 멋지지 아니한가!!

"동료오오오!"

"동료오오오오!"

그를 지켜보던 흑염룡과 아이들 또한, 왼팔을 들어 올리고 외쳤다.

그리고 그 모습을 보는 레전드 길드원들, 그들은 잠시 망설였다.

'아씨…… 쪼, 쪽팔린데…….'

'도, 동료라니…….'

'으음…….'

하지만 먼저 아스갈이 손을 들어 올렸고 이어서 하나둘씩 팔을 들어 올렸다.

"동료오오오오오!"

전장의 흐름이 바뀌고 있었다.

민혁은 전장을 바라봤다. 아르곤 왕자가 화살 한 발을 쏘자 수백여 발로 변화하며 적들을 쓸어내고 있다. 그치지 않고 고대의 병사들과 150의 제국 기사들이 활약상을 펼치고 있었다. 하지만 아직도 몰려오는 적들이 너무도 많았다.

민혁은 본 드래곤 로드와 론드, 그 뒤쪽으로 몰려오는 수백 마리의 적들을 향해서 스킬을 아끼지 않았다.

"흩날리는 검."

먼저 흩날리는 검을 시전. 수백여 개의 은빛 낙엽이 두둥실 떨어져 내렸다.

그리고 민혁이 검을 움직인 순간, 강력한 검기 같은 낙엽이 본 드래곤 로드와 론드를 강타하고 더 나아가 뒤에서 몰려오는 적을 쓸어냈다.

풋풋풋풋풋풋풋풋-

거기서 그치지 않았다. 시전 시간 60% 단축으로 인해, 민혁은 빠르게 광역 스킬을 사용할 수 있었다.

피어나는 검.

푹푹푹푹푹푹푹- 콰콰콰콰콰콰콰쾅-!

순식간에 앞쪽으로 몰려오던 수백 마리의 마물과 마족들이 죽었다.

해설자들은 흥분해 소리쳤다.


[아!! 등장과 동시에 본 드래곤 로드와 죽음의 살육자를 죽이고 몰려오는 마물들과 마족들을 쓸어버립니다!!]

[엄청납니다! 하지만 초반에 모든 스킬을 다 사용해 버린다면 이런 대규모 전투에서는 불리해질 텐데요?]

그리고 그때 민혁에게 알림이 울렸다.

[단기간에 가장 많은 마물과 마족들을 사냥하셨습니다.]
[기여도 40,000을 추가 획득합니다.]
[죽음의 살육자 론드를 사냥하셨습니다.]
[경험치 4,162,031을 획득합니다.]
[레벨업 하셨습니다.]
[기여도 340,501을 획득합니다.]
[죽음의 수정구를 획득합니다.]
[본 드래곤 로드를 사냥하셨습니다.]
[본 드래곤 로드의 단단한 뼈(5㎏)를 획득합니다.]
[기여도 151,617을 획득합니다.]
[54플래티넘을 획득합니다.]

그리고 민혁은 알 수 있었다.
'살육자들은 신성력의 영향을 받지 않는다.'
즉, 마인 혹은 언데드들에 따른 추가적인 %의 공격력이나 방어력 상승효과가 없다는 것이다.
그 이유는 간단했다. 그들은 루펠에 의해 만들어진 존재였으며 마기를 품고 있거나 하진 않았기 때문이었다.

그리고 그때.

[은빛으로 번들거리는 헬하운드들이 또다시 등장합니다!]
[수백 마리의 헬하운드들이 다시 달려갑니다!]
[아아아! 민혁 유저! 등장과 동시에 강제 로그아웃 당하나요?]
[은빛 헬하운드들은 말도 안 되는 높은 방어력을 가지고 있습니다.]
[어지간해선 사냥하기 쉽지가 않아요!]
[그 순간, 검은 마법사 알리가 하늘에서 내려와 민혁 유저와 이야기를 나눕니다.]

"오랜만입니다."
알리가 손을 내밀었다. 민혁은 그 손을 꼭 쥐었다.
"고마워요. 저희 길드, 그리고 아버지를 지켜줘서."
"해야만 하는 일을 했을 뿐입니다."
알리가 빙그레 웃었다.
민혁은 그에게 '엘프의 캐릭터 HP, MP, 스킬 쿨타임 등의 리셋 양피지' 한 장을 건넸다. 이는 양도가 다행히도 가능했다. 지금 이 양피지가 가장 필요한 이 중 한 명이 바로 알리였기 때문이다.
"와, 이런 대박 템이 다 있어요……?"
그리고 민혁은 몰려오는 은빛으로 번들거리는 헬하운드 수백 마리를 보았다.

그에 알리가 어떠한 놈들인지에 대해 설명해 줬다.

설명을 들은 후, 잠시 생각하던 민혁이 말했다.

"저놈들부터 잡도록 하죠, 배리어 좀 준비해 주세요."

"배리어요? 광역 공격 마법 말고요?"

알 리가 의아한 표정을 지었다.

"설명할 시간이……."

지금도 놈들이 매섭게 달려오고 있었다. 필립 마을 안의 레전드 길드와 흑염룡과 아이들은 아직 정비를 끝내지 못했다.

삐이이이이이이이이-

민혁이 그리폰의 비명을 사용, 달려 나갔다. 수백 마리의 은빛 헬하운드들이 오로지 민혁을 향해 궤도를 틀고 달려왔다.

다그닥- 다그닥!

그때, 때마침 백마 위에 올라탄 콩이가 도착했다. 민혁이 서둘러 말로 올랐다. 그리고 혼자서 수백 마리의 은빛 헬하운드들을 이끌고 달리기 시작했다.

그 모습을 본 시청자들은 빠르게 댓글을 남겼다.


[은빛 헬하운드들 아까 레전드 길드나 흑염룡과 아이들, 단일 스킬에도 끄떡없던 놈들인데 어쩌려고 그러지?]

[프라이팬 살인마라고 별수 있나? 저 숫자를 어떻게 잡아, 방금 전 스킬들로 마물, 마족들 쓸긴 했지만 그건 솔직히 말해서 그놈들이 스킬을 감당할 수 없는 방어력을 가졌으니까 그런 거지. 쟤들 방어력은 달라.]

[프라이팬 살인마가 백마 타고 헬하운드 수백 마리 몹몰이 하면서 지구 끝까지 도망가는 거 아님? ㅋㅋㅋㅋㅋㅋ]

시청자들의 댓글을 보며 김대국 PD 또한 심각한 표정이었다. 화려한 등장 자체는 좋았다. 문제는 저 은빛 헬하운드 수백 마리를 어쩔 거냐는 거였다.

민혁은 계속해서 인근으로 원을 그리며 돌아 은빛 헬하운드들을 몰고 있었다.

"잡을 수 있을까요……?"

"……저걸 어떻게 잡아, 레전드 길드들 단일 스킬로도 생채기만 난 놈들인데, 심지어 민혁 유저 한 번만 잡혀도 끝이야, 저렇게 무모한 몹몰이를 한 상태에서 잡혔다고 생각해 봐."

모두가 비슷한 생각이었다.

그리고 한참을 민혁이 몹몰이 하던 그때였다. 그의 주위로 공존하던 검은 식칼 중 하나가 민혁의 앞에 나타났다.

"스킬 시전?"

그가 고개를 갸웃했다. 검은 식칼은 처음 보는 것이었다.

바로 그때였다. 민혁이 뭐라 소리치기 시작했다.

그때 허공을 플라이로 배회하던 검은 마법사 알리가 빠르게 하강한 후 그를 안은 채 하늘 높이 올라갔다.

'도대체 무슨 생각이신 거지?'

배리어를 시전 준비 중이던 알리는 고개를 갸웃했다.

민혁이 플라이로 자신을 올려달라고 말했다. 알리가 단숨에 하강해 그를 껴안고 날아올랐다.

"놈들의 가운데로 가주세요."

"네? 저기로요?"

알리의 시선이 밑으로 내려갔다. 수백 마리의 은빛 헬하운드들이 흉흉한 기세를 흩뿌리며 민혁만을 노려보고 있었다.

하지만 알리는 그의 말대로 이행했다.

곧이어 가운데로 온 민혁이 말했다.

"떨어뜨려 주세요."

"무, 무슨 소리예요?"

"어서요. 전 알리 님 믿습니다!"

"……전 진짜 몰라요!"

허공에서 민혁을 껴안고 있던 알리가 그를 잡고 있던 팔을 놓았다.

그 순간, 민혁이 빠른 속도로 가운데로 떨어지기 시작했다.


[프, 프라이팬 살인마가 헬하운드들 수백 마리의 위로 하강합니다!!]

[도대체 무슨 생각인 건가요? 놈들은 닿는 즉시 폭발을 일으킵니다!]

[그 폭발력은 상상을 초월합니다. 프라이팬 살인마의 형체

도 찾을 수 없을 겁니다!!]

[어어어? 그런데 저게 뭔가요!]

[식칼?]


그때, 하강하는 민혁에게서 식칼이 떠올랐다. 해설자들이나 시청자들은 본 적이 없는 스킬.

그리고 떨어지는 민혁을 향해 헬하운드들은 그 날카로운 이빨을 드러내고 있었다.

"크르르르르르!"

"컹컹컹컹!"

"키야아아아악!"

그리고 그와 함께, 하늘이 번쩍하더니, 검은색 식칼 한 자루가 바로 밑의 헬하운드의 머리에 꽂혔다.

"키헤에에에엑!"

헬하운드 한 마리가 쓰러지고 이어서 식칼의 비가 내리기 시작했다.

푸푸푸푸푸푸푸푸푹-


[자, 장관입니다!]

[하늘에서 내리는 식칼의 비가 헬하운드들의 몸을 파고듭니다!]

[아아, 민혁 유저. 땅에 착지합니다. 죽음을 감지한 헬하운드들이 일제히 폭발을 일으킵니다.]

자아를 가진 놈들이 스스로 폭발하기 시작했다. 놈들은 자아를 가진 만큼 똑똑하게도 죽음을 직감했으며 심지어 앞에 적이 있었으니 함께 죽을 수 있다고 생각했다.

그리고 헬하운드들은 서로를 짓밟고 올라가 가운데로 몰리고 있었다.

흙먼지 틈으로 몰려드는 헬하운드들과 내리는 식칼의 비만 보였다. 또한, 놈들은 꽉 압축되어 있었기에 자신들의 폭발로 동족에게까지 피해를 입혔다.

그리고 흙먼지가 걷혔을 때, 모습을 드러낸 건 바로 둥그런 원의 보호막 안에 있는 알리와 민혁이었다.

[아, 알리는 또 언제 저기로 이동한 거죠?]

[블링크를 사용한 겁니다! 미친 컨트롤입니다! 분명히 찰나의 순간이었는데……!]

[어그로 스킬로 몹들을 몰고 가운데로 떨어지며 놈들이 몰릴 수 있게 만들었습니다. 그리고 비처럼 내리는 식칼로 몹들을 공격, 놈들이 스스로 폭발하게 하고 그 폭발에 다른 헬하운드들까지 사냥했습니다.]

[그리고 밑으로 떨어지는 민혁 유저를 보며 자아를 가진 헬하운드들은 폭발하면 죽일 수 있다고 믿었을 테지요. 또한, 배리어 안에서 공격이 불가능한 거지, 그 이전에 시전한 스킬은 지속이 되죠.]

[엄청나게 똑똑한 전략입니다. 심지어 알리와 민혁 유저의

컨트롤이 믿기지 않습니다. 당장 몇 초의 순간에 저런 컨트롤을 할 수 있는 유저가 국내에 몇이나 될까요.]

[그뿐만이 아닙니다. 두 사람의 호흡 또한 대단합니다. 우리나라 최고의 마법사 알리와 최고의 근접형 민혁 유저가 만들어내는 환상의 호흡에 시청자들이 감탄하고 있을 겁니다!]

[아, 헬하운드들은 아직도 인식하지 못하고 스스로 폭발합니다!]

[배리어는 그 안에 있는 동안 절대 무적의 상태가 되는 최고의 마법이죠.]

계속해서 폭발을 일으키던 헬하운드들도 무언가 이상함을 느끼기 시작했다. 그들의 폭발이 무의미함을 안 것이다.

바로 그때, 민혁이 말했다.

"알리 님, 배리어 풀어주세요."

"예? 아, 알겠습니다."

알리는 항상 민혁을 믿었기에 놈들 한복판에서 시키는 대로 했다.

그와 함께, 또다시 식칼이 허공으로 올라갔다.

쐐애에에에에에-

바로 '저장' 스킬을 이용해 축적해 두었던 식칼의 비였다.

[또, 또 그 스킬이 시전 가능한 건가요?]

[미, 미친……!]

그리고 허공에서 내리는 수백여 개의 식칼의 비가 남아 있는 헬하운드들을 폭발시켰다.

그와 동시에 알리가 민혁을 껴안고 허공 높이 도약했다.

"나이쓰 타이밍. 역시 알리 님은 말하지 않아도 척척!"

"하, 하하하……."

알리가 어색하게 웃었다.

곧 식칼의 비에 따라 은빛 헬하운드가 전부 전멸했다.

[…….]

[…….]

해설자들이 잠시 말문을 잃었다.

그리고 이는 그들뿐만이 아닌, 레전드 길드와 흑염룡과 아이들도 마찬가지였다.

"……."

"……."

"……."

자신들이 한 마리를 겨우겨우 사냥하던 놈들이었다. 그런 놈들을 무참히 쓸어버린 민혁이 필립 마을로 빠르게 움직였다.

"모두 안녕하세요?"

"어, 어어, 그, 그래."

"와, 왔어?"

"하하하하, 아, 안녕?"

평소처럼 아무렇지 않게 예의 바르게 인사한 민혁. 그가 필립 마을을 둘러봤다. 필립 마을을 감싸고 있던 외벽이 사라진 것이기에 아직 마을 자체는 건재했다.

민혁이 인벤토리에서 투박한 돌처럼 생긴 엘프의 심장을 꺼냈다.

그리고 바닥에 내려놓자 알림이 울렸다.

**[엘프의 심장을 필립 마을에 적용할 수 있습니다.]**
**[사용하시겠습니까?]**

"예."

민혁이 수긍한 순간이었다. 엘프의 심장이 땅속으로 스며들기 시작했다.

엘프의 3대 수장이 만들어냈다는 병기.

그리고 이어서 레전드 길드의 길드원들과 흑염룡과 아이들이 소리를 들을 수 있었다.

두……근-

그 소리는 심장 뛰는 소리가 분명했다.

[어, 어디서 정체 모를 소리가 들려오지 않나요?]
[커다란 심장 뛰는 소리 같습니다.]

그리고 이어서 그 소리는 더 커져가기 시작했다.

두근두근두근두근두근-

전장 전체를 메울 정도로 거대한 소리.

곧이어.

콰콰콰콰콰콰콰쾅!

굉음이 발생하며 나타난 걸 보며 해설자들이 경악했다.

[저, 저게 뭔가요!!]

[헉······!!]

[초, 촉수?]

[아니, 정확히는 거대한 나무뿌리가 분명해 보입니다!]

그랬다. 땅을 비집고 튀어나온 것은 수백여 개의 거대한 나무뿌리였다. 나무뿌리는 그 끝이 나무로 깎아 만든 창처럼 뾰족했는데, 꾸물거리며 필립 마을 곳곳에 나타나 있었다.

그리고 필립 마을에 있는 이들에게 알림이 울렸다.

**[엘프의 심장에 따라 1시간 동안 고귀한 하이엘프의 힘을 이어받습니다.]**

그 순간, 레전드 길드나 흑염룡과 아이들의 귀가 갑자기 뾰족하게 자라났다.

[5대 스텟이 15% 상승합니다.]
[HP 회복률과 MP 회복률이 비약적으로 상승합니다.]
[민첩이 15% 상승합니다.]

"와……."
"5대 스텟 15%에 민첩 15%? 사기인데?"
랭커 중의 랭커들에게는 퍼센트의 상승률은 어마어마한 효과를 줄 수밖에 없었다.
그리고 필립 마을 곳곳에 자라나 있는 나무줄기들을 보며 시청자들이 이야기했다.

[저, 저걸로 마족들 공격하나 본데?]
[와, 개쩐다……!]
[빨리 저 촉수 움직이는 거 보고 싶다!]

그리고 한편, ATV 방송국의 김대국 PD. 그는 시청률이 60%에 육박했다는 소리를 들을 수 있었다.
"미, 미친……! 저 나무뿌리는 또 뭐야, 하하하하하!"
기쁨의 웃음이었다.
하지만 바로 그때였다. 레전드 길드의 마스터 지니의 목소리가 들려왔다.
현재 방송 중이었기에 지니와 ATV방송국은 연결되어 있던 상태였다.

[PD님, 일부 길드원들에 대한 방송 중단을 요청합니다. 중단을 요청하는 유저들의 명단은 민혁 유저, 검은 마법사 알리, 가면을 쓴 유저들입니다.]

"……?"

그에 김대국 PD는 경악할 수밖에 없었다.

그게 도대체 무슨 소리란 말인가? 지금 시청자들은 저 촉수의 힘을, 이 방송을 보고 싶어 했다. 그런데 일부 방송 중단을 요청한다니?

"그, 그게 무슨 소리죠?"

김대국 PD의 말에 지니는 차분하게 설명했다.

[레전드 길드는 방송에 동의했지만, 분명히 명단 또한 함께 올려 드렸습니다. 그 명단 안의 유저들이 방송 참가에 수긍한 것이고요. 그 명단에 '민혁'이란 이름과 흑염룡, 제네럴, 검은 마법사 알리, 그 외의 분들이 있나요?]

"……."

김대국 PD는 말문을 잃었다.

그렇다. 민혁의 이름은 올라가 있지 않았다. 그리고 지니를 비롯해 다른 길드원들조차도 전혀 다른 곳에 있는 민혁이 올지를 몰랐다.

김대국 PD는 난처해졌다.

현재 시청자들이 가장 보고 싶어 하는 사람은 프라이팬 살인마를 비롯한 검은 마법사 알리다. 그런데, 도중에 그만을 쏙 빼서 송출한다? 가장 큰 하이라이트 장면들이 자연스럽게 빠지게 될 것이고 밋밋한 영상이 될 것이다.

시청률을 터뜨렸으면 유지도 중요했다.

그에 김대국 PD가 물었다.

"원하시는 게 뭡니까."

그는 바보가 아니었기에 물었다.

그에 잠시 답이 없던 지니가 답했다.

[25억 원을 요청합니다.]

"⋯⋯!!"

그는 눈을 크게 떴다.

25억?

"정말 25억을 선뜻 줄까요, 아버님?"

"줄 수밖에 없을 걸세."

안으로 들어오자마자 수익금의 요구를 말한 것은 다름 아닌 흑염룡이었다. 그는 뛰어난 장사꾼이었다. 일화그룹의 회장이었고.

이는 자신 좋자고 하는 일이 아니다. 모두가 좋자고 하는 일이었다. 현재 ATV와 계약을 맺은 건 레전드 길드이지, 흑염룡과 아이들이 아니었다. 이에 흑염룡은 이처럼 수익금 유도를 하려고 했다.

그리고 그 수익금은 사실 흑염룡과 아이들의 경우 '사랑의 도시락 나누기'를 할 생각이었다. 전국의 배고픈 아이들과 노인, 소년 소녀 가장을 위한 불우 이웃 돕기!

누가 보면 그는 '욕심 많은 사람'으로 보일지도 모른다. 하지만 그에겐 돈 욕심은 없었다. 단지, 사람이 손해를 보고 살아선 안 되었다.

흑염룡과 레전드 길드는 지금 ATV 방송사 측에서 돈에 눈이 먼 사람처럼 보이는 것이지, 자신들 입장에선 아니었다.

정당한 대가로 그들이 얻는 수익금을 추가로 올리는 것. 그것이 바로 '회장님의 경영 비법'이었다.

물론 25억 요구에서 몇억 정도만을 제하고는 모두 민혁, 검은 마법사 알리, 레전드 길드가 가져가면 될 것이다.

하지만 지니는 과연 먹힐까 하는 의문이었다. 방송사가 그렇게 손해를 본다?

바로 그때였다.


[방금 국장님과 이야기했고 승인이 났습니다. 또한, 이 대화 자체는 지니 양의 캐릭터에서 저절로 녹음되고 있겠죠. 그러니,

방송은 계속 진행하게 해주십시오.]

마치 그 모습이, '제발, 방송 끊지 마!' 같았다.

지니는 놀란 눈으로 흑염룡을 돌아봤다.

흑염룡. 그는 아테네에선 전설 클래스 대상인이었고 현실에선 일화그룹 회장님이지 않던가.

아르곤 왕자가 다급히 기사들을 이끌고 안쪽으로 복귀했다. 그와 함께 오픈된 로열 상점!

"와, 미, 미쳤어……!"

"뭐야? HP하고 MP 40% 회복 물약? 심지어 3천 포인트밖에 안 해!!"

"이 엘프, 도대체 뭐야?"

"민혁이는 도대체 뭘 하고 다니던 거래?"

레전드 길드원들은 경악할 수밖에 없었다.

그리고 필립 마을에서 솟아난 촉수! 그 나무줄기가 단숨에 실버 울프에게 날아가 꿰뚫었다.

퍼짓!

그리고 꿈틀거리던 나무줄기가 실버 울프를 던져 버렸다.

"……!"

"……!"

"촉수도 엄청 강하잖아?"

자신들은 생채기 한 번 내기 힘들었던 놈들이다.

레전드 길드원들이 발 빠르게 물품을 구매하기 시작했다. 각자 자신들에게 맞는 것으로. 그와 함께, 레전드 길드와 흑염룡과 아이들이 전장으로 투입했다.

그리고 민혁은 성자의 검을 뽑아 들었다.

"성자의 수호!"

[성자의 수호]

[물리 공격력, 물리 방어력, 마법 공격력, 마법 방어력이 신성력 스텟 개수의 30%만큼 15분간 상승합니다.]

[길드원, 혹은 동맹원의 물리 공격력, 물리 방어력, 마법 공격력, 마법 방어력이 신성력 스텟 개수의 20%만큼 15분간 상승합니다.]

"우오오오오오!"

"키햐!"

순식간에 전세가 기울기 시작했다.

로열 상점 물품을 구매한 것에 더해 신성력 스텟에 의해 모든 스텟이 대폭 상승한 레전드 길드원들은 말 그대로 날아다녔다. 마물과 마족들이 더 이상 맥을 추지 못하고 픽픽 쓰러져 나갔다.

그리고 그때였다.

뿌우우우우우우우-

[총사령관 루펠이 퇴각 명령을 내립니다.]
[최소한의 병력만이 남고 엘프의 숲으로 도망치게 됩니다.]
[레전드 길드와 흑염룡과 아이들 길드가 개인 기여도 100,000을 획득하게 됩니다.]
[길드 마스터 지니가 기여도 300,000을 획득합니다.]

레전드 길드가 사냥한 숫자는 진군하던 적들의 약 절반 정도에 해당했다. 계속 싸웠다면? 레전드 길드가 결국엔 밀렸을 수도 있다. 하지만 마계 군단 역시도 소수의 인원에게 거의 대부분의 병력을 잃는다면 낭패가 되는 것일 터였다.

그리고 그때.

"크, 크아아아아아아악!"

크로우의 비명이 퍼졌다.

현상금 사냥꾼이자 레전드 길드의 최고의 딜러 삼인방 중인 한 명. 그런 크로우의 온몸이 난자되어 있었다.

그리고 그 앞에 선 존재. 바로 좌절의 살육자 코니르였다.

"조심해야 합니다. 좌절의 살육자는 제가 이제껏 보았던 그어떤 몹보다 강합니다. 심지어 민혁 님의 경우, 신성력이 먹히지 않는 키메라입니다."

"……."

민혁은 고개를 끄덕였다.

그리고 그 주변에 있던 콜로디스 제국 기사단원들이 달려들었다.

하지만 곧 놀라운 일이 벌어졌다.

핏핏핏핏핏핏핏-

빠르게 선을 그리는 코니르의 검에 다섯이 넘는 기사단원들이 쓰러졌다.

"물러나요!"

민혁이 말했다. 최대한 콜로디스 제국 기사들이 무사히 돌아가는 게 좋을 것이다.

레전드 길드원들과 흑염룡과 아이들이 그를 둘러쌌다. 긴장감에 마른침이 꿀꺽 넘어갔다.

그 순간, 코니르가 중얼거렸다.

"배고파……."

"……?"

민혁은 고개를 갸웃했다.

그의 표정, 눈빛, 마치 자신을 보는 듯했다. 그는 격렬한 배고픔을 느끼고 있었다.

'……도대체 뭐야.'

총사령관 루펠. 퇴각 명령을 내린 그였지만 그의 입가엔 짙은 웃음이 머금어졌다.

좌절의 살육자 코니르는 자신이 보유한 가장 강력한 키메라였으며 자신보다도 훨씬 더 강력했다. 그런 좌절의 살육자 코니르는 절대 죽일 수 없을 거다.

대신에, 코니르가 힘을 유지할 수 있는 잔존 시간은 30분뿐이었다. 물론 30분 동안이지만 코니르는 많은 자를 도륙할 것이었고 일이 끝난 후엔 자신에게 돌아올 것이다. 놈은 오로지 살육만을 위해 만들어진 살육 병기.

그러한 코니르를 만든 건 바로 마족 루펠이 아닌, 인간이었다. 그리고 그를 만들어낸 힘은 바로 '배고픔'이다.

4대 길드 다음의 가장 강력한 길드라고 불리는 태양 길드.

이번에 레전드 길드를 돕지 않고 그들이 모두 전멸하면 뒤에서 구축된 병력으로 적들을 쓸어버리겠다는 야심을 품고 있었던 그들은 당혹할 수밖에 없었다.

"퇴, 퇴각……?"

"크, 큰일입니다……!"

태양 길드들은 실력 있는 용병들마저 고용한 상황이었다. 그런데, 적들이 후퇴한다?

"지금이라도 서둘러 가도록 하죠. 남은 잔존 병력이라도 잡는 겁니다."

"그러죠."

그들이 다급하게 움직이기 시작했다.

그 모습을 보는 엘프의 왕 고든.

"정말 한심하구만."

그 표정은 진심이었다. 그런 표정 있지 않은가? 가슴 속 깊은 곳에서 우러나오는 말!

"……."

"……."

"……."

태양 길드의 수장들은 입이 열 개라도 할 말이 없었다. 몇몇 길드장은 부끄러움에 고개를 들지 못했다. 어떤 이들은 가슴이 저릿저릿했다. 말 한마디로 고든은 명존쎄를 먹인 것이다!

고든은 천리안으로 모든 상황을 지켜보고 있었다.

자신의 아들을 구해낸 사내가 있다. 그리고 그 사내는 이 절망적인 상황을 기적적으로 만들어냈다.

'그 사내가 원하는 그 어떤 것이라도 해주겠어.'

## 2장
## 배고픈 아이들

 레전드 길드와 흑염룡과 아이들은 뚜벅뚜벅 걸어오는 코니르를 경계했다.

 온몸이 붕대로 칭칭 감겨 눈밖에 보이지 않는 코니르는 소름이 절로 끼치는 존재였다.

[길드&동맹 지니: 모두 협공해야 할 것 같습니다.]
[길드&동맹 흑염룡: 동감일세, 만만치 않은 기세가 풍겨오는군.]

 모두가 숨을 죽이고 코니르의 움직임에 집중했다.

 그와 함께, 하나둘 최강의 단일 스킬을 준비했다.

 지니의 채찍에 불의 힘이 깃들었다. 추가 공격력 170%를 내는 그녀가 낼 수 있는 가장 강력한 스킬.

그와 함께, 로크가 들고 있는 묵직한 쌍도끼에 저주의 기운이 깃들었다. 닿는 순간 피부를 빠른 속도로 썩어들어 가게 만드는 힘. 지프리트의 저주였다.

아벨은 '살수의 필멸'을 준비했다. 눈 깜짝할 사이에 가슴에 단도를 꽂아 넣고 그 가슴을 폭발시키는 힘이었다.

그리고 민혁은 갈라내는 검을 준비하고 있었다.

"바로 지금!"

지니가 신호를 보냈다.

탓-

가장 먼저 중앙에 위치한 코니르에게 달려든 것은 바로 아벨이었다. 암살자 클래스인 만큼 그의 단일 공격은 그 누구보다 빠를 수밖에 없었다.

쐐에에에에엑!

두 개의 단도를 양손으로 꽉 쥐고 달려들어 힘껏 박아 넣으려는 순간이었다.

코니르의 검이 움직였다. 그리고 아벨의 단검이 코니르의 검면에 막혔다.

"……!"

아벨은 경악했다.

코니르가 강한 것은 '몬스터 분석'을 통해서 확인했다. 하지만 이는 너무 말이 안 되는 이야기였다. 순간적인 민첩을 세 배나 올려주는 힘이었다. 그런데, 이를 가뿐히 방어했다.

쉬이익-

코니르의 검이 부드럽게 움직인다. 그저 부드럽게 움직였을 뿐이다. 그 순간.

피피피피핏-

아벨의 몸 곳곳에 여러 개의 선이 그어졌다. 그리고.

푸쉭! 푸쉭!

몸 곳곳에서 피가 솟구치기 시작했다.

"커헉!"

"빌어먹을! 지프리트의 광분!"

로크가 있는 힘을 다해 강력한 힘이 넘실거리는 도끼를 땅을 향해 내려쳤다. 그 순간, 도끼에서 뻗어 나간 강력한 두 개의 붉은 기가 코니르를 향해 날아갔다.

직격하는 순간, 20초 내로 그 부위가 썩어들어 가 사용할 수 없게 된다. 하지만 코니르는 깃털처럼 가벼웠다.

탓-

그는 가벼운 도약만으로 피해냈다.

그때를 놓치지 않고 뒤에서 나타난 칸이 히죽 웃었다.

"잡았다. 거인의 분노!"

양손을 깍지 낀 상태에서 위에서 아래로 강력하게 내려치는 스킬이다. 추가 공격력 200%에 달하는 힘.

바로 그 순간.

코니르의 붕대가 사르르륵 풀렸다. 그리고 붕대는 다름 아닌 지니의 목을 감쌌다.

"컵!"

목을 감싼 붕대로 자신의 몸을 확 끌어당긴 코니르, 칸의 깍지 낀 주먹이 허공을 내려쳤다.

연이어서 길드원들의 공격들이 무차별적으로 쏟아진다. 수백 개의 잔상의 병장기와 검은 마법사 알리의 파이어 필드, 민혁의 갈라내는 검, 아스갈의 백병기까지.

그 순간 바닥에 내려선 코니르가 검을 들고 귀신처럼 춤을 췄다.

"미친 새끼, 뒈져 버려라!!"

로크가 욕지거리를 내뱉었다.

놈이 춤을 추는 모습은 말 그대로 소름이 끼칠 정도였다. 마치 귀신이 뼈의 마디마디를 움직이는 듯한 소름 끼치는 움직임 말이다.

그 순간 이변이 일어났다.


[좌절의 검무]

[살육자가 추는 춤을 본 모든 유저들의 공격이 무효화되며 이를 본 자들은 좌절합니다.]


"……!"

"……!"

"……!"

길드원들이 경악했다. 한 번에 이 많은 숫자의 공격을 무력화시키는 스킬이라니. 심지어 강해도 너무 강했다.

그들은 터벅터벅 걸어오는 코니르를 보며 마른침을 삼켰다.

코니르는 검을 쥐고 등 뒤로 힘껏 젖혔다. 그리고 휘두른 순간, 수십여 개의 검은 검기 가닥이 길드원들을 향해 쏟아졌다.

"귀신의 수호!"

"지프리트의 거대 방패!"

"방어의 채찍!"

레전드 길드원들이 서둘러 방어 스킬을 시전했다.

아스갈의 앞으로는 귀신 병사들이 나타나 방패를 치켜세웠고 로크는 거대한 붉은 방패를 땅에 쿵- 소리 나게 내려놨다. 지니의 채찍은 허공에서 육망성을 그리며 방어진을 형성하는 등, 길드원들은 제각각 방어에 총력을 기울였다.

하지만 곧이어 길드원들을 향해 쏟아지던 검기 줄기들이 그 궤도를 바꿨다.

그 궤도의 끝에 있는 존재는 다름 아닌 알리였다.

"……!"

"……!"

모두가 경악했다. 궤도를 바꾸는 검기라? 처음 보는 이변이었다.

코니르는 '생각 없는 키메라'처럼 보였지만 아니었다.

정확히 가장 위험이 될 만한 인물인 알리를 제거한다. 그가 부리는 단일 공격 마법은 신성력의 효과를 발하지 못하는 민혁보다도 강했기 때문이다.

곧이어 엄청난 속도로 알리가 배리어를 발현.

차차차차차차차착!

배리어를 검기 줄기들이 후려치기 시작했다. 알리는 간담이 서늘해졌다.

그치지 않고 코니르가 땅을 박차고 움직였다.

탓-

**[좌절의 살육]**
**[끔찍한 좌절의 쾌검.]**

차차차차차차착!

깃털같이 움직이는 코니르의 검에 길드원들의 몸에서 피가 분수처럼 솟구쳤다.

"끄아아악!"

"크악!"

잔상을 남기며 휘둘러지는 검에 길드원들의 피해가 막심했다.

민혁이 빠르게 거리를 좁혔다.

분노하는 검. 붉은 기운이 검에 넘실거린다, 그 힘이 빠른 속도로 놈의 급소를 노리고 찔러 들어갔다.

쒸이이이이익-

그 순간, 코니르가 위에서 아래로 검 끝을 내려쳤다.

콰-!

**[분노하는 검이 상쇄됩니다.]**

"……!"

스킬의 상쇄.

이어서 코니르의 검이 민혁을 향해 뻗어졌다. 몸을 비틀어 피해낸 순간, 검 끝이 저절로 늘어나 민혁의 옆구리를 파고들었다.

핏-

"크흑! 엄청 강하잖아!"

아직 민혁은 최강이 아니다. 그를 여실히 보여주는 저력이었다.

올림픽 금메달리스트인 카르도 이긴 그였다. 하지만 좌절의 살육자 코니르에겐 속수무책이었다.

차차차차차차차차창!

빠른 속도로 이어지는 공격에 민혁이 밀리기 시작했다.

발끝을 가볍게 비튼 좌절의 살육자가 몸을 낮췄다. 그리고 있는 힘을 다해 검을 휘두른 순간, 미약한 폭풍이 생성되었다.

그 폭풍 속 안에는 수십여 개의 칼날이 회전하고 있었다.

쫘드드드드득-

"난무하는 검!"

바로 코앞에 도달한 칼날 폭풍을 향해 난무하는 검을 시전. 잔상의 검 수십여 개가 칼날 폭풍을 방어한다. 하지만 그때를 놓치지 않고 코니르가 또 한 번의 공격을 시도했다.

명치를 노리는 검 끝.

"미, 민혁아!"

길드원들이 놀랐다. 바로 그때 민혁의 등 뒤에서 두 개의 검은색 식칼이 튀어나왔다.

촤아아아앙-

검은색 두 개의 식칼이 저절로 교차하여 급소를 방어했다.

태앵!

그때를 놓치지 않고 민혁이 '바람 같은'을 사용, 뒤로 물러났다.

그리고 서둘러 품속에서 초코바를 꺼냈다. '흡수 전환'을 사용, 체력을 회복시키기 위함이었다. 엘프에게서 얻은 모든 HP와 MP를 100%까지 채워주는 포션이 있었지만, 아까 전에 사용했기에 쿨타임 30분 기간이 적용된 상태였다.

바로 그때.

"그어?"

좌절의 살육자가 이상한 반응을 보였다.

"⋯⋯?"

입에 막 넣으려던 참에, 놈의 눈이 휘둥그레 떠졌다.

막 입에 넣으려던 초코바를 슬그머니 내려놓자 놈의 눈이 다시 작아졌다.

다시 입에 넣으려 하자?

"그어!"

"⋯⋯."

다시 떼자.

"흐어⋯⋯."

그리고 민혁이 다시 입을 벌려 초코바를 입에 넣고 앞니로 그 끝을 물자.

"그어어……?"

놈의 눈망울에 눈물이 그렁그렁 맺혔다.

다시 떼어내자.

"흐어……."

"……."

민혁은 말문을 잃었다.

'진짜 어지간히도 배고픈가 보네…….'

우스울지도 모르는 상황이었지만 민혁에겐 누구보다 이해가 되는 상황이었다. 극심한 배고픔에 시달리는 자신도 저러한 반응을 보이곤 하니까.

그리고 그 눈빛을 알았다. 한입만 먹어도 소원이 없겠다. 내모든 것을 주어도 좋으니 먹고 싶다.

돈이 있어도 먹지 못하는 슬픔을 아는 민혁이었기에 코니르의 사정은 몰랐지만, 민혁은 공감했다.

그리고 아벨이 외쳤다.

"바, 방법이 생각났습니다!!"

"방법이요?"

"예, 먹을 걸로 놈을 유인하는 겁니다!"

"……."

하지만 민혁은 썩 내키지 않았다.

가장 첫 번째는 먹는 걸로 장난치고 싶지 않아서였고, 두 번째는 그 배고픔을 이용한다는 거였다.

'그렇지만 내가 싫다고……'

여기 있는 모두를 죽게 할 순 없는 노릇이지 않은가. 심지어 이 자리엔 아버지도 있었다.

"……배…… 고…… 파…… 제, 제…… 발……"

어눌한 말로 중얼거리는 좌절의 살육자.

일단은 초코바를 입에 넣었다.

"그어어……"

놈의 눈에서 그렁그렁 눈물이 났다. 하지만 민혁은 단숨에 먹어치워 상처를 회복시켰다.

치이이익-

그와 함께, 민혁의 몸의 상처가 치유되었다.


[길드&동맹 지니: 모두 다시 한번 일격을 준비하죠.]

[길드&동맹 로크: 그럼 내가 먹을 걸 던질게, 꼭 민혁이가 던져야 하는 건 아니니까.]


그러고 보니 꼭 민혁이 먹을 것을 던져야 하는 것은 아니었다. 다른 이들이 먹을 걸 던져도 된다.

그 자리의 모든 이들이 다시 한번 단일 속성 공격을 준비했다.

이어서 코니르의 검이 허공에 원을 그렸다. 원은 여러 개의 피로 물든 달을 만들어내고 있었다.

기이한 광경이었다. 확실한 것은 저 스킬이 발현되기 전에, 자신들도 준비를 끝내고 잡아야 할 것이다.

그리고 그때, 지니가 신호를 보냈다.

로크가 품속에 있는 음식을 꺼냈다. 다름 아닌, 단팥빵이었다.

'으…… 저 맛있는 단팥빵을 던지다니…….'

민혁은 좌절했다. 하지만 한편으로는 그 또한, 비산하는 검을 시전 준비하고 있었다.

"그어?"

코니르가 땅에 떨어진 빵을 향해 몸을 던졌다. 그와 함께 하늘에 떴던 아주 작은 핏기를 머금은 달도 사라졌다.

그리고 공격이 난사되었다.

"디스!"

빛의 창.

"거인의 포효."

공격력 180% 상승의 주먹 연타.

"홍염의 지옥마!"

폭발하며 불타오르는 지옥의 말.

갖가지 스킬들이 코니르를 향해 날아갔다.

그리고 민혁의 검에 응축된 기본 공격력 8배의 힘도 힘껏 코니르를 향해 내려쳐 졌다.

얼마 후, 방금 전 공격을 먹인 모든 이들에게 알림이 울렸다.


[퀘스트 발동 조건을 충족시켰습니다.]

[히든 퀘스트 '배고픈 아이들'이 생성됩니다.]

[퀘스트를 수행할 수 있는 사람은 단 한 명뿐입니다.]

**[좌절의 코니르를 사냥하셨습니다.]**

**[스킬북 좌절의 검무를 획득합니다.]**

**[경험치 2,616,751를 획득합니다.]**

바로 그때였다. 코니르가 죽은 자리로 한 존재가 나타났다.

"헉!"

"주, 죽여!"

"뭐야!!"

모습을 드러낸 존재는 분명히 코니르였다. 하지만 영체의 모습이었다.

코니르가 입을 열었다.

[날…… 도…… 와…… 줘…… 아이…… 들을…… 구해 줘…….]

"……."

"……."

"뭐, 뭔 상황이야, 이거."

그 자리의 모든 인원이 당황했다.

그와 함께 민혁은 퀘스트창을 열람했다.

**[히든 퀘스트: 배고픈 아이들]**

등급: SSS

제한: 코니르를 사냥한 자

보상: 맛의 정수

실패 시 페널티: 없음

설명: 키메라 중 가장 뛰어난 좌절의 살육자. 그리고 루펠이 이끌고 왔던 키메라들. 그들 모두는 인간이었고 그들을 만들어낸 것 또한 인간이었다. 그들을 만들어낸 것은 끔찍한 배고픔이다. 코니르의 이야기에 귀 기울여 보도록 하자.

'배, 배고픔으로 키메라를 만들었다고 이게 뭐야?'

배고픔으로? 무엇인지는 모르겠다. 하지만 한 가지 생각이 들었다.

인간이 배고픔을 이용해 키메라를 만들었다.

'그딴 개 같은 짓을⋯⋯.'

그의 미간이 찌푸려졌다.

콜로디스 제국의 황제 아스폰. 그는 엘레에 버금가는 막강한 황제로서 콜로디스 제국 역사상 가장 강력한 황제라고 칭송받고 있다. 또한, 엘레가 검의 천재라면 콜로디스 제국의 황제 아스폰은 빠른 주먹과 날카로운 발차기가 대단한 이였다.

실제로 엘레와 붙어도 밀리지 않는 실력자인 그. 모든 것을 다 갖춘 황제 아스폰. 그런 그에겐 한 가지 고민이 있었으니.

"……제길."

그는 자신의 머리를 덮고 있는 가발을 벗겨내자 가운데가 반짝반짝 빛나는 민머리를 볼 수 있었다.

그의 가장 큰 고민은 바로 '대머리'라는 거였다.

아버지에 할아버지, 증조할아버지에 이어서 모두가 대머리였다. 하지만 그들은 모두 가발을 썼고 그 사실을 숨겨왔다.

그리고 아스폰 황제도 마찬가지였다. 수백 년이 넘는 시간 동안 조상들도 해결하지 못한 절대적인 난제! 바로 '대머리'였다.

어떠한 방법도 소용없었다. 트롤의 피를 머리에 발라봐도, 피닉스의 깃털로 머리를 살살 문질러도 머리카락 한 올 자라지 않았다.

바로 그때였다. 그의 보좌관인 하로만이 들어왔다.

하로만은 유일하게 그 비밀을 아는 1인. 그런 하로만이 입이 무거워서 망정이지, '황제 폐하 머리는 맨들맨들 대머리~'라고 외치고 다녔다면 단칼에 목을 쳤으리라.

"폐, 폐하……!"

"노크도 없이…… 무엄하구나. 목이 날아가고 싶은 게냐?"

보좌관 하로만이라고 하더라도 지킬 것이 있지 않은가? 아스폰이 격노했다.

하지만 그만큼 급박한 일이었기에 하로만이 서둘러 입을 열었다.

"폐, 폐하의 불치병을 해결할 방법을 찾았습니다!!"

그의 불치병이라고 한다면 당연히 대머리였다.

"뭣?"

수백 년간 이어진 저주! 그 저주를 파헤칠 해답이 있단 말인가?

이어서 하로만이 말했다.

"바로 탈모르교입니다."

"탈모르?"

왠지 기분 나쁜 이름이었지만 아스폰 황제는 북부대륙의 한 작은 도시에서 벌어진 기적 같은 이야기를 낱낱이 듣게 되었다.

그는 일말의 고민도 하지 않는 표정이었다. 그와 그 도시의 영주까지도 함께 모시는 것이 덕이었다. 그들은 이 콜로디스 제국의 사람이 아니었으니 말이다.

"어서 그 바할라 영토의 영주와 탈모르라는 그자에게 초대서를 보내어 친히 모셔 오도록 하라!!"

"예!!"

그에 하로만이 빠르게 걸음을 옮겼다.

자신의 탈모를 치료할 수 있다는 생각에 아스폰 황제의 입가에 기쁨에 겨운 미소가 씰룩거렸다.

사냥당한 코니르. 그리고 갑작스럽게 내려진 퀘스트에 레전드 길드원들은 당혹함을 금치 못했다.

민혁이 화가 나 부들거리고 있자 길드원들이 퀘스트명을 확인해 봤다.

'인간들이 만들어낸 키메라? 루펠이 만든 게 아니었어……?'

'배고픔이라고……?'

그에 그들이 내린 결정은 간단했다. 퀘스트창에 따르면 일단은 '코니르의 이야기에 귀 기울여보자'라고 되어 있었다.

그리고 코니르가 어눌하게 입을 열기 시작했다.

[콜로디…… 스…… 제국…… 페루…… 백작…….]

먼저 이름이 언급되고 이야기가 시작되었다.

대한민국 서버엔 블랙스톤에서 가장 영향력 높았던 삼 인의 강자가 있었다.

화신의 사자 카이스트라. 파라오. 그리고 비공식적으로 활동하는 탑의 후계자 바르첼이었다.

탑의 후계자 바르첼은 비공식적으로 활동하는 인물이었으며 기사의 탑의 부탑장 자리를 노리는 인물이었다.

제국 곳곳엔 탑들이 존재한다. 요리사의 탑, 조각사의 탑, 바드의 탑, 그리고 기사의 탑이나 마법사의 탑 등등, 그 종류는 무수히도 많았다.

하지만 아직까지 유저 중에서 그러한 탑에 소속이 된 이는 극히 드문 편이었다. 그 이유는 탑은 '강함'의 원천이자, 실력의 '증명'이었기 때문이다.

탑 하나에는 보통 수십의 사람들이 소속된다. 그리고 소속된 그 한 사람 한 사람이 일반적인 사람들의 강함을 초월한다.

예를 들자면, 탑은 아테네교와 비슷하다. 아테네교처럼 오로지 최고의 반열에 든 이들이 들어갈 수 있는 곳이 탑이라고 할 수 있었다.

실제로 기사의 탑에 소속된 이들은 제국의 기사단장급들을 상회한다는 말도 있을 정도였으며 기사의 탑장은 검의 대제 엘레를 뛰어넘는다는 말도 있다.

그리고 가장 뛰어난 두 개의 탑. 기사의 탑과 마법사의 탑. 기사의 탑은 콜로디스 제국, 마법사의 탑은 이필립스 제국에 위치해 있다.

그리고 바르첼은 켄라우헬로부터 하나의 명을 받았다.

마계에 있는 그는 현재 블랙스톤 멤버들을 하나둘 마계로 불러들이기 시작했다.

마계에 가장 먼저 발을 들인 것은 바로 켄라우헬이었다. 그리고 마계는 베아스 마을처럼 세계의 모든 유저들이 모일 수 있는 만남의 장이라고 할 수 있었다.

바르첼에게 떨어진 지령은 바로 페루 백작과 만나 그가 시키는 일을 수행하는 것. 그러면 저절로 자신이 원하는 뜻을 알게 될 거라 하였다. 그 과정에서 바르첼은 '맛의 정수'라는 것에 대해 알게 되었다.

그는 앞에 있는 페루 백작이 턱을 쓰는 것을 보았다.

페루 백작. 콜로디스 제국에서 많은 사람의 선망을 받으며 존경받는 귀족이었다. 하지만 바르첼은 그가 얼마나 잔혹하고 그 꿍꿍이를 숨기고 있는 인물인지 알고 있었다.

그리고 그가 맛의 정수에 대해 입을 열기 시작했다.

"맛의 정수가 무엇이냐 하면, 이는 대마도사 아필드의 '7대 죄악 식탐'을 통해서 나타난 힘이지요."

"……7대 죄악 식탐이요?"

대마도사 아필드라?

바르첼은 그와 허울 없이 가까워지기 위해 막대한 금은보화를 갖다 바쳐왔다. 때문에 그와 여유롭게 대화를 나눌 수 있는 거다.

"예, 아필드는 7대 죄악을 세상 곳곳에 숨겨두었지요. 그리고 그 힘은 대마도사 아필드의 아티팩트에서 비롯됩니다. 예를 들어 7대 죄악 중 하나인 '분노'는 아필드가 만들어낸 '분노의 보석함'의 주변으로 그 힘을 발현하고 그 영향력 내에 들어간 이들은 전부 죽이고 분노를 감추지 못하지요. 이처럼 대마도사 아필드의 죄악에 해당하는 일곱 개의 아티팩트가 존재했고, 그중 6개는 세상에서 파괴되었습니다. 하지만 딱 한 가지. 그 한 가지는 아직 존재하죠."

"그게 뭡니까?"

"바로 정수의 잔입니다."

"정수의 잔……?"

"예, 정수의 잔은 처음 얻었을 때는 한 방울의 물도 담겨 있지 않았죠. 하지만 이 정수의 잔을 채울 수 있는 간단한 방법이 존재했습니다."

"그게 뭡니까?"

"바로 순수한 '소망'입니다. 우리가…… 아니."

페루 백작은 말을 정정하며 찻잔을 기울였다.

"제가 키메라를 비밀리에 만든다는 사실은 아실 겁니다."

바르첼은 고개를 주억였다.

"그 키메라를 만들어내는 게 바로 이 정수의 잔과 '죄악의 던전'이지요. 이 정수의 잔이 가장 필요로 하는 것은 바로 인간의 순수한 갈망입니다. 그리고 정수의 잔의 근처에 순수한 갈망을 하는 이들이 있을 경우 잔의 물이 차오르게 되지요."

"호오?"

"가장 순수한 갈망이 뭐일까요?"

"……글쎄요."

"바로 어린아이들의 배고픔입니다."

"배고픔이라……."

"어린아이들은 배가 고플 때 순수하게 갈망합니다. 맛있는 게 먹고 싶다, 음식을 먹고 싶다. 한 번만 먹어봤으면 소원이 없겠다. 아이들이 배고플수록 더 많은 정수를 확보하고 이 정수는 그 어떤 힘보다 '강력한' 힘을 품게 됩니다. 그리고 배고픔이 극의에 도달했을 때, 그들은 '죄악의 던전'에서 아필드의 힘을 받아, 끔찍하고 강력한 '키메라'로 탄생하게 된다는 겁니다."

"……그 던전에 도대체 무엇이 있길래요?"

"아주아주 흉포하고 강력한 용입니다. 길이가 20m를 넘는 어마어마한 용이죠. 이 용은 아이들을 집어삼키죠, 그리고 아이들은 용의 배 안에서 이제까지 쌓아온 '갈망'에 의해 키메라로 변화하게 됩니다. 그리고 용은 그 갈망을 포식하면 아이들을 토해내고 토해진 아이들은 완전한 키메라 병기가 되는 거죠. 이것이 바로 아필드가 '키메라'를 만드는 방법이었죠."

"재밌군요, 그런데……."

정수의 잔. 재밌는 아티팩트다.

그러나 바르첼은 맛의 정수가 더 궁금했다. 맛의 정수는 말 그대로 잔에 차오른 정수.

"맛의 정수는 어떤 힘을 가진 겁니까?"

"그 사람이 가진 한계를 딛고 일어서게 해준다고 합니다. 그래서 말인데, 맛의 정수를 원하십니까? 그렇다면 혹시 제가 부탁하는 일을 해주실 수 없겠습니까?"

띠링!

퀘스트창이 떠올랐고 바르첼이 곧바로 확인했다. 그러다 경악했다. 보상에 있는 맛의 정수를 확인하고서였다.

'저, 전설 클래스로 진화시켜 준다고?'

그는 경악했다.

그는 시크릿 클래스인 탑의 후계자였다. 그 직업 특성에 의해 탑의 후계자가 되었고 탑의 무한한 지원을 받아 이 정도 경지에 올랐지만, 전설 클래스나 신 클래스에 비해 한계가 명확했다. 더 이상 성장하지 못하고 있었다.

유저가 오를 수 있는 검의 경지는 다양하게 존재했는데, 그는 그 한계점을 넘고 싶었다.

맛의 정수를 마시기만 하면 탑의 후계자는 전설 클래스가 된다. 그 의미는 스킬들과 스텟이 변화된다는 말이었다.

'이런 대단한 것이라니!'

이 정보를 켄라우헬은 알고 있던 것이다.

그리고 우리나라에서 가장 큰 힘을 발하던 카이스트라와 파라오가 무너지거나 혹은 돌아섰다. 자신을 우리나라 최고로 만들겠다는 생각이 분명했다.

바르첼. 그는 욕심에 눈이 멀었다.

그도 분명 알았다. 페루 백작이 하는 짓이, 아이들을 가지고 하는 실험이었고 해선 안 될 짓이라는 걸.

페루 백작은 그러한 키메라 병기들을 팔고 있었고, 심지어 마족과도 손을 잡고 있었다.

그리고 바르첼이 받은 퀘스트.

'그 용을 사냥하면 된다는 거지.'

용을 사냥하라.

키메라를 만들어내는 용을 사냥한다?

페루 백작의 말에 따르면 그 용은 30명을 포식하게 되면 더이상 키메라를 생산할 수 없다고 한다. 그 때문에 놈을 죽여야 한다고 하였다.

하지만 죽이기 전에 놈에게 높은 신성력을 가진 자를 먹여야 한다고 했다. 여자가 아닌, 오로지 남자. 순수하고 높은 신성력을 가진 남자여야 한다고 했다.

그리고 마지막 30번째로 집어 삼켜진 아이들은 가장 강력한 키메라가 되고 그와 함께 놈을 죽이면 거대한 알을 낳는다고 했다.

그 알에서 태어난 존재는 다시 용이 되고 키메라를 만드는 거다.

"지금 무사히 성인 남성 제물도 잡아놨으니, 바르첼 경께선 그 남자와 아이들이 잡아먹히고 나서, 던전으로 들어가 놈을 사냥하면 됩니다. 어차피 제 목적은 바로 '키메라 생산'이니까요."

"좋군요."

바르첼이 빙그레 웃다가 물었다.

"아, 그럼 몇 번 이런 일이 있었겠군요? 용을 죽이는 일 말입니다."

"예, 당신 이전에 이 일을 대신했던 녀석이 있죠. 그 녀석도 키메라였는데, 얼마 전에 그를 필요로 하는 이 때문에 임시적으로 보냈습니다. 그 녀석은 제가 만들어낸 키메라 중에서 가장 강력한 녀석이고, 또한 키메라가 되기 전에도 타고난 '검의 천재'였죠."

"호오, 검의 천재라…… 이름이라도 알 수 있을까요?"

그에 페루 백작이 자신만만하게 웃었다.

"코니르입니다."

쥐와 바퀴벌레가 득실거리는 곳에서 다섯 명의 아이들은 배고픔에 허덕이고 있었다. 페루 백작이 키메라로 만들기 위해 키우는 다섯 명의 아이들이었다.

그 아이 중 가장 큰 누나인 헤이즈는 19살인 소녀였다.

이곳에서는 매일 딱딱한 빵과 물이 배식된다. 그 빵에는 '배고픔을 촉진시키는' 연금술 포션이 발라져 있다. 그 연금술 포션을 복용하면 항시 배고파지게 된다.

하지만 그럼에도 계속 먹었다. 배고픔이라는 갈망에 자신들을 통제할 수 없는 거였다.

"배고파……."

"고기 한 점 먹어봤으면 소원이 없겠어……."

"마, 맛있는 거…… 죽기 전에 맛있는 거 한 번이라도 먹어보고 싶어."

아이들은 납치되거나 노예시장에서 구매되어 왔다. 키메라가 되기 위해선, 기본적인 '재능'이 받쳐줘야 한다. 그래야 훌륭한 키메라가 탄생된다.

바로 그때였다.

끼이이이익-

거대한 문이 열리며 병사가 안으로 한 남성을 발로 걷어찼다.

퍽!

"정말 시끄러운 놈이군!"

"으아아아아악, 사, 살려주십시오! 살려줘요!!"

성인 남성이 들어오는 것은 처음이었다. 그 남성은 문에 붙어서 비명을 질러댔다.

그는 사제복을 입고 있었는데, 아테네교의 문양이 그려져 있었다. 그 사제복은 발길질로 흙투성이가 되어 있었다.

"아, 아테루야! 신이시여, 저를 이 난관에서 구하옵시고 저 자들에게 천벌을 내려주소서……."

그는 부들부들 떨며 기도를 올렸다.

신? 신 따위 없다고 헤이즈는 믿었다. 그랬다면 자신들이 철창 안의 실험용 쥐가 되지 않았겠지.

그녀는 나이 대비 빠르게 철이 들었다.

내일이면 이 자리의 모든 이들은 감정과 기억을 잃고 키메라가 될 것이다. 즉, 죽음에 이르는 것이다.

바로 그때였다.

끼이이익-

다시 문이 열렸다.

"이 아이들이 키메라의 '재료'군요."

기분 나쁜 남자가 들어왔다.

헤이즈는 단번에 이방인이라는 걸 알았다.

불사의 삶을 사는 이방인들! 그런 이방인 사내는 자신들을 한낱 '재료'로 칭했다.

주변을 둘러보던 그가 곧 방금 막 들어온 사내에게 시선이 멈췄다.

"저자가 '제물'입니까?"

"그렇습니다."

그에 기사로 보이는 사내가 고개를 끄덕이며 말했다.

"오랜 시간 페루 백작의 이 실험이 어째서 발각되지 않았는지 알 수 있겠군요. 엄청난 경비병과 기사들의 숫자가, 기사의 탑 못지않아요."

"하핫, 걸리기라도 한다면 저는 끝장이지 않겠습니까?"

그들이 몸을 돌리며 다시 철창문이 닫혔다.

"흐이이이이익…… 사, 살려줘…… 죽고 싶지 않아. 아테네 신이시여, 저를 구원해 주세요."

사제는 여전히 겁에 떨고 있었다.

헤이즈가 몸을 일으켜 천천히 다가갔다.

"……괜찮아, 괜찮아, 너무 무서워하지 마."

헤이즈는 씁쓸한 웃음을 지었다.

세상에 '영웅'이 있다면 자신과 아이들은 진작에 구출되었을 거다. 세상에 '신'이 있다면 자신들은 이곳에 오지 않았을 거다. 믿지 않기에, 그저 이겨내는 것밖에 없다는 걸 알았기에 한 말이었다.

"고, 고마워……."

부들부들 떠는 사제가 천천히 고개를 들었다.

"네, 네 이름은 뭐니, 꼬마야."

그에 그녀가 답했다.

"헤이즈."

"예, 예쁜 이름이구나. 아테네 신의 가호가 함께하길."

사제는 손가락으로 이마 한 번, 가슴 한 번을 두들긴 후에, 헤이즈의 손을 꼭 잡고 기도를 올리기 시작했다.

그를 내려다보던 헤이즈가 물었다.

"네 이름은 뭐야?"

그에 고개를 들어 올린 사내. 그가 대답했다.

"민혁."

"그 나쁜 놈들!!"

영체화된 코니르의 이야기를 모두 들은 민혁은 진심으로 화가 난 표정이 역력했다.

지나나 혹은 칸, 로크나 흑염룡은 그가 화가 나는 것을 이해했다. 이 자리에 그 누구보다 배고픔이 뭔지 아는 사람이 민혁이었다.

어찌 보면 아테네는 단순히 게임에 불과했다. NPC들은 만들어진 하나의 가상의 존재였다.

하지만 민혁은 조금 다르게 생각했다. 이 아테네라는 세상은 그에겐 '제2의 인생'이었다.

이 안에서 많은 사람을 만났다.

발렌 교관님이나 혹은 로이나 교관, 또는 자신을 친동생처럼 아껴주는 엘레. 무수히 많은 사람이 있었고 민혁은 그들을 'NPC'가 아닌, 한 사람의 인격체로 대했다.

그들도 생각을 하고 감정을 가진다. 게임 속이지만 그 사람들에겐 하나의 현실이라고 그는 생각했다.

"아이들을 배고프게 한 후 용에게 잡아먹히게 해서 키메라를 생산한다……."

지니가 그 말을 곱씹었다. 키메라의 생산 과정이 너무도 소름 끼쳤다.

그리고 민혁은 호흡을 추스른 채 보상으로 있는 '맛의 정수' 또한 확인해 봤다.

[맛의 정수. 한 방울만 마셔도 스텟이 오르는 효과를 볼 수 있으며 농축된 배고픔의 갈망에 의해 음식에 한 방울만 넣어도 엄청나게 맛이 좋아집니다. 또한, 한 잔을 모두 마시게 된다면 자신의 한계를 딛고 성장할 수 있습니다. 예를 든다면 일반 기사 클래스일시 더 강력한 기사 클래스로 거듭나게 됩니다.]

보상에 있는 맛의 정수는 놀라웠다. 이 의미는 직업의 등급 상승을 알렸으니까. 물론 민혁의 이목을 더 끄는 부분은 바로 '어떠한 음식에 한 방울만 넣어도 더 맛있어진다'였다.

배고픔에 의해 축적된 정수의 힘인 듯 보였다.

하지만 문제는 여러 가지가 존재했다.

코니르에게 듣던 대로라면 '콜로디스 제국'으로 가야 한다. 콜로디스 제국은 지금 휴전 중이긴 하지만 결국엔 이필립스 제국과 전쟁 중인 곳이었다.

또한, 키메라를 제작하는 페루는 그곳의 백작이었다. 현재 발키리 왕국에서 작위를 가진 민혁이 왕국보다 훨씬 더 거대하고 힘을 가진 제국에서 백작을 처단하는 건 매우 어려운 일이다.

그리고 코니르에게 듣기로 녀석은 키메라로 벌어들인 돈으로 어마어마한 병력을 보유하고 있다고 들었다.

바로 그게 문제였다. 그런 식이라면 일을 조용히 해결하는 게 매우 힘들어지기 때문이다. 가장 먼저로는 어찌 가야 할지 고민되었다.

그때였다.

[가신 밴: 우리 아드…… 아니, 우리 영주님, 잘 지내고 있나?]
[민혁: 물론입니다. 어르신.]

가신 밴으로부터 연락이 왔다. 가신들과 영주는 이렇듯 앞에 없어도 이야기를 주고받을 수 있었다.

[가신 밴: 바할라 영토의 재정을 풍족하게 만들 수 있는 방법을 찾았다네, 그리고 바로 오늘 콜로디스 제국의 황제 아스폰으로부터 초대장이 왔더군.]

"……?"

초대장이라는 말에 민혁은 고개를 갸웃하며 계속 들어봤다.

[가신 밴: 바할라 영토의 영주인 자네와 가신인 코루 경을 함께 보고
싶다던데?]

[민혁: 이유는요?]

[가신 밴: 정확한 이야기는 해주지 않고 있지만 해하려는 것 같진 않
네, 그래서 얻는 이득 또한 없으니까.]

민혁은 고개를 주억였다.

굳이 콜로디스 제국에서 민혁을 해하려는 이유는 없을 것이
다. 또한, 그들도 이방인들이 죽어도 다시 살아나는 불사의 존
재라는 걸 알 것이다.

그런데, 굳이? 또한 코루와 동행해야 한다는 것도 의아했다.

가신 밴이 말했다.

[가신 밴: 내 개인적인 추측이지만 아마도 탈모르의 위대함이 필요
한 것 같네.]

"탈모르?"

그리고 민혁은 밴으로부터 자초지종을 들었다.

'허어…… 무서운 사람이었어…….'

자신을 이을 새로운 교를 탄생시킨 코루의 일화.

어쩌면 탈모르교의 일원들처럼 탈모르의 힘을 아스폰이 원하는 걸지도 모른다. 사실상 그런 게 아니라면 떠오르는 게 없었다.

하지만 이로써 갈 수 있는 방법은 확실해졌다. 아스폰 황제께서 친히 초대를 하시지 않았는가? 이제 콜로디스 제국 내로 들어가는 것은 문제가 전혀 없게 되었다는 사실이었다.

바로 그때였다. 또 다른 알림이 들려오기 시작했다.


[마계 군단의 후퇴에 따라 엘프의 숲으로 가는 문이 열렸습니다.]

[엘븐하임 A 지역에서의 임무가 종료됩니다.]

[기여도 순위를 발표합니다.]

[1위 레전드 길드&흑염룡과 아이들&검은 마법사 총기여도 7,314,180]

[2위 아이리스 길드&아레스 길드 총기여도 4,154,197]

[3위 아르테온 길드 총기여도 2,671,311]

[4위…….]

[1위를 기록한 레전드 길드원을 비롯해 동맹 길드들은 1달 동안 경험치 20% 버프를 얻게 됩니다.]

[랜덤으로 고든의 보물 상자(A~SS)를 지급받습니다.]


길드원들은 울리는 알림에 놀랐다.

그 이유는 간단했다. 자신들의 생각보다도 총 기여도가 높았기 때문이다.

또한, 동맹원을 받을 경우에는 동맹원들의 기여도 획득량이 저절로 30% 감소하게 된다. 이는 무분별한 동맹 체결을 막기 위한 방편이었다. 하지만 그럼에도 불구하고 너무나 높은 수치였다.

이어서 개인 기여도 순위가 나타나기 시작했다.

**[1위 민혁 개인 총기여도 3,413,613]**
**[2위 알리 개인 총기여도 1,231,713]**
**[3위 흑염룡 개인 총기여도 604,139]**
**[4위…….]**

"……!"

"……!"

그 자리에 있는 모든 이들이 경악했다. 심지어 경악한 것은 그뿐만이 아니었다.

이 총기여도 점수의 경우는 아테네 공식 홈페이지에도 오픈됐고, 해설자들이 빠르게 입을 열었다.

[미, 미친…… 혼자서 어지간한 대형 길드 이상의 몫을 해냈습니다.]

[뭐죠? 혹시 엘븐하임에 민혁 유저가 없던 동안의 총기여도는 반영되지 않았던 걸까요?]

[그런 것 같습니다. 하지만 그가 마계 군단과 관련한 퀘스트

로 기여도를 쌓고 있던 건 확실한 것 같습니다. 그리고 엘븐하임에 넘어왔을 때, 적용되기 시작한 것 같고요.]

[허어, 다시 봐도 믿기지 않는 점수입니다. 정말 어마어마한 점수이군요. 혼자 다 해 먹는다는 말이 딱 이럴 때 하는 말 같군요.]

그리고 이어서 개인 기여도 획득에 따른 보상 알림이 울렸다.

**[기여도 1위에 따라 경험치 5,000,000을 획득합니다.]**
**[레벨업 하셨습니다.]**
**[고든의 '심연의 눈'을 획득하며 곧바로 적용됩니다.]**

민혁은 이제 레벨 398이 되었다. 400레벨대에 근접해졌다. 그리고 심연의 눈을 획득했다는 알림과 동시에 민혁의 눈이 붉게 물들었다가 본래로 돌아왔다.

[심연의 눈. 같은 유저들에겐 적용 불가하며 자신보다 약한 상대일 시 몬스터나 혹은 NPC 등의 상태창을 띄울 수 있으며 1주일에 한 번 가능합니다.]

'오……?'
유용한 능력이었다.
이 심연의 눈이 유용한 이유는 히든 NPC와 같은 자들을 발굴할 수 있다는 점일 거다.

물론 민혁은 히든 NPC를 가신으로 들이는 건 달갑지 않다. 입이 늘어나니까.

하지만 영지의 소속원이 되는 것이라면 나쁘지 않았다.

그리고 한 가지 의문점도 있었다. 민혁에겐 고든의 보물 상자를 받았다는 알림이 울리지 않았다는 사실이었다.

바로 그때, 총사령관 고든이 등장했다. 총사령관 고든의 등 뒤로는 무수히도 많은 숫자의 엘프들이 함께 있었다.

해설자들이 흥분해 소리쳤다.

[엘프의 왕 고든이 하이엘프 수백을 이끈 채 민혁 유저의 앞에 섰습니다.]

[마치 엘프 대표와 인간 대표가 만난 듯한 장면입니다. 아주 멋지군요.]

지금 이 순간, 시청자들은 그 어떤 때보다 숨죽이고 있었으며 민혁을 동경하고 있었다.

생각해 보라, 한 종족의 왕이 자신의 앞에 서서 고마움 가득한 표정으로 서 있다는 것.

곧이어 하이엘프들이 거대한 보물 상자를 들고 후다닥 달려갔다.

그리고 민혁에게 내밀었다.

"내가 해줄 수 있는 선물일세. 아직 엘프의 숲은 탈환하지 못했지만, 자네의 공이 가장 컸음은 부정할 수 없지."

그 순간이었다. 민혁에게 알림이 울렸다.

**[엘프의 왕 고든이 1,000플래티넘을 하사합니다.]**
**[고든의 보물 상자(SSS)를 획득합니다.]**

분명히 알림은 민혁에게만 울렸다. 1,000플래티넘. 자그마
치 현금으로 환전할 시 50억의 가치를 가진 어마어마한 금액
이었다.

그리고 해설자들은 예측했다.

[S급 보물 상자는 붉은색, SS급 보물 상자는 파란색이었습
니다. 저 황금색은 이제까지 드러나지 않은 색깔입니다. 레전
드 길드 중 그 누구도 가지지 못한 색의 보물 상자! SSS급이 분
명합니다!]

[기대됩니다. SSS급 보물 상자에서 뭐가 나올까요!!]

시청자들과 해설자들, 그리고 현재 이 방송을 보고 있는 세
계인들이 이목을 집중시켰다.

하지만 이어서 민혁이 대충 보물 상자를 던지듯 인벤토리에
휙 던져놨다.

[왜, 왜 확인 안 하나요!!]
[받았으면 바로 확인해야죠!! 여기서 끊기 있기, 없기!!!]

[제발 확인해 주세요! 제발요! 부탁드립니다. 민혁 유저. 저 해설자 이대진 이렇게 간곡히 부탁합니다!!]

[아아아아아! 끝끝내 확인하지 않아요!! 궁금해 미쳐 버릴 것 같습니다!!]

하지만 해설자들의 그 울부짖음과 TV 앞에 앉은 시청자들의 '확인해 줘어어어어어어어!'라는 절규를 아는지 모르는지 민혁은 밝게 웃으며 고든에게 말했다.

"전하!"

그 우렁차고 당찬 부름에 고든이 부드럽게 웃으며 고개를 끄덕였다.

"말하시게."

"이런 것보단 맛있는 거에 맛있는 거를 주신다면 참으로 기쁠 것 같습니다."

"하하하하, 뭐라?"

고든은 껄껄 웃은 후 친히 민혁에게 엘프들이 가진 S~SSS급 요리 재료들을 넘겨줬다.

그리고 고든과 지니가 따로 이야기하기 위해 자리를 옮겼다.

'식신 상점으로 맛있는 걸 먹어야 하는데, 여기는 눈이 너무 많아.'

코니르의 일을 하기 위해 가면서 먹는 게 나을 것 같았다.

그리고 민혁이 없다고 해도 아르곤 왕자가 이곳에 있기에 길드원들은 로열 상점을 계속 이용할 수 있었고 엘프의 숲 진입

퀘스트가 새롭게 나타날 것이다.

민혁은 지니에게 귓속말로 콜로디스 제국으로 가겠다고 했다.

길드원들도 한 명의 퀘스트를 받을 수 있는 유저를 민혁으로 하는 데 아무도 불만이 없었다.

또한, 아버지를 비롯한 4인의 하이에나들도 잠시 엘프의 숲으로 가는 여정은 바쁜 업무에 미룬다고 했다.

아버지까지 업무 때문에 당분간 아테네에 접속 못 하신다고 했기에, 민혁은 코루를 데리러 가기 위해 바할라 영토로 워프했다.

덜커덩덜커덩.

성기사 코루와 민혁 그리고 콩이, 영체의 코니르가 함께 있었다.

마차는 빠른 속도로 콜로디스 제국으로 향하고 있었다.

콩이는 민혁이 손을 떨며 사준 시원한 빠삐노코 초코맛 쭈쭈바를 앙증맞은 손으로 잡고 등을 기대고 앉아 먹고 있었다.

그때 민혁은 식신 상점을 통해 획득한 기여도로 드디어 보쌈 세트를 구매했다. 차근차근 구매해서 하나씩 먹을 생각이었던 거다.

그와 함께 민혁의 앞으로 환상적인 보쌈 세트가 모습을 드러냈다.

둥글게 펼쳐진 보쌈 고기와 그 오른쪽에 나타난 명이나물, 부추무침, 쌈장, 마늘, 새우젓과 무말랭이, 막한 듯 보이는 김장김치, 쌈을 싸 먹을 수 있는 상추와 깻잎이 있었다. 그리고 왼쪽에는 쟁반국수와 순두부찌개가 놓여 있었다.

간혹 보쌈 세트를 주문하면 시래기된장국이나, 김치찌개, 또는 이렇듯 순두부찌개가 오는 가게도 심심치 않게 찾아볼 수 있었다.

"와⋯⋯."

민혁은 먼저 쟁반국수를 비볐다. 시원해 보이는 쟁반국수를 비비는데, 그 붉은 색깔에 자신도 모르게 입안 가득 침이 고인다.

쟁반국수를 모두 비벼낸 후에는 먼저는 보쌈 고기 위에 김장김치를 올린다. 이제 막 한 김장김치와 보쌈 고기를 입에 넣자 아삭거리는 식감과 부들부들한 고기가 함께 어울린다.

그다음 젓가락으로 보쌈 고기를 또 한 번 집어 들고 이번엔 상추 위에 올린다.

상추 위에 보쌈 고기를 올린 후에, 그 위로 마늘을 쌈장에 푹 찍어서 올려주고 부추무침과 무말랭이 하나도 올려준다.

그리고 입에 넣고 먹어준다.

여러 가지 다채로운 맛에 흐뭇한 미소가 감돌다가 얼큰해 보이는 순두부찌개 국물에 수저를 가져간다. 수저로 한 입 떠먹자, 그 얼큰함과 시원함에 고개가 끄덕여진다.

이번엔 보쌈 고기를 쟁반국수 위로 올린 후에, 그대로 함께 들어 올려 입에 넣는다. 다소 느끼할 수 있는 수육의 맛을 매콤달콤한 쟁반국수가 잡아줬다.

이번엔 조리되지 않고 깨끗이 씻은 배춧잎을 든다.

배춧잎을 조금 뜯어서 쌈장에 찍어 먹어본다.

아삭아삭.

"이 배추 진짜 다네?"

맛있는 배추는 씹으면 씹을수록 단맛이 나지 않던가? 딱 그 맛이었다.

그러다가 배추 위로 수육을 올린 후, 마늘과 쌈장을 올려서 입에 넣었다.

그렇게 먹어주다가 글라스 잔에 얼음을 가득 담고 사이다를 꼴꼴꼴 따라준 후에 들이킨다.

"크-"

목이 따가울 정도로 시원한 맛이 다소 느끼할 수 있는 맛을 싸악 가시게 해준다.

그리고 이번엔 명이나물에 보쌈 고기를 싸서 입에 넣으려던 순간, 시시각각 표정이 누르락붉으락 변하던 코니르가 말했다.

[하, 한 입만…….]

그 순간.

툭.

콩이가 깜짝 놀란 표정으로 먹고 있던 쭈쭈바를 땅에 떨어뜨렸다.

그리고 양 팔짱을 끼고 눈을 감고 있던 코루. 그가 눈을 크게 뜨며 경악한 표정으로 코니르를 보았다.

혼자서만 이유를 모르는 코니르. 그가 고개를 갸웃했다.


[그어……?]

콩이와 코루는 은연중에 알고 있었다. 민혁에게 한 입만 달라는 것은 곧 '내 명치를 때려줘'라는 말과 같다는 것을!

"……."

"……."

모두가 침묵한 가운데, 코루가 마부에게 말했다.

"마부, 잠시 마차를 세우시오."

코루는 한숨을 푹 쉬며 고개를 절레절레 저은 뒤 마차를 나섰다.

그리고 콩이. 몸을 일으킨 콩이는 한 손엔 쭈쭈바를 들고 영체의 코니르를 측은하게 바라봤다.

"꾸울."

힘내라, 꿀.

콩이마저 나갔다.


[그, 그어……?]

모두가 나가자 코니르는 두려움이 엄습해 왔다. 민혁의 표정이 시시각각 변하고 있었기 때문!

"하하하하! 한 입만 달라고? 한 입만?"

[그, 그어…… 배, 배고프다…….]

"근데 영체도 먹을 수 있나?"

민혁은 문득 궁금해졌다.

코니르에게 슬쩍 배춧잎을 내밀었다. 코니르가 손을 뻗어 잡으려는데, 잡히지 않았다.

그것을 보고 민혁은 알았다. 영체는 먹을 수 없다.

스스로가 그것을 깨닫고 코니르는 굉장히 슬픈 표정을 짓고 있었다.

"이거 괜히 미안하네."

콩이와 코루는 코니르를 대하는 민혁이 일반 사람들과 다르다는 걸 모르고 나간 것이다.

민혁은 배고픈 마음을 누구보다 잘 알았기에 코니르를 이해했다. 때론 그 한 입만이 정말 간절할 때가 있는 법이다.

민혁도 폭식 결여증에 의해 매일 방울토마토 5천 개씩만 먹을 때, 간절히 바라고는 했다.

내일 죽어도 괜찮으니 원 없이 맛있는 음식을 먹고 싶다. 나도 일반 사람들처럼 뷔페에 가서 접시 가득 음식을 담아오고 그릇을 쌓고 싶다.

흔한 일상이었지만 민혁에겐 아니었다. 그처럼 코니르에게도 일상이 아닌, 꿈만 같은 일이었을 것이다.

그러다 문득, 민혁은 물었다.

"코니르, 넌 어떤 사람이었어?"

[기…… 억…… 나지…… 않아…….]

"응?"

민혁은 고개를 갸웃했다.

기억이 나지 않는다? 이상한 일이었다.

그는 분명히 헤이즈라는 소녀를 비롯해 그 안의 아이들, 또는 페루 백작이 벌인 만행은 모두 기억했기 때문이다.

하지만 코니르는 정작 자신이란 존재에 대해선 기억하지 못하고 있었다.

민혁은 고개를 주억이며 아쉽다는 표정으로 코니르를 보았다. 그리고 다시 식사를 시작했다.

기여도를 이용한 요리를 먹기 시작한 민혁에게 알림이 계속 울렸다.

그 알림들을 요약하자면 이렇다.

[환상적인 보쌈&쟁반국수 세트를 드셨습니다.]
[착용한 아티팩트 중 하나가 랜덤으로 등급이 상승합니다.]

[랜덤 선택으로 헤파스의 전설의 프라이팬이 선택됩니다.]

[헤파스의 전설의 프라이팬은 더 이상 등급 상승을 이룰 수 없는 한계가 있는 아티팩트입니다.]

[등급 상승이 아닌, 아티팩트 자체의 효과만이 뛰어나집니다.]

(헤파스의 전설의 프라이팬)

등급: 전설

제한: 힘 300, 민첩 300, 손재주 500

내구도: ∞/∞

공격력: 845

방어력: 1,045

특수 능력:

• 모든 스텟+20%

• 마법 방어력+200

• 마법 방어력 효과×2

• 마법 반사 확률+50%

• 정령 친화력+50%

• 5대 속성 마법 캐스팅 없이 3클래스까지 사용 가능하며 프라이팬에 그 능력을 담아 조리할 수 있기도 하다.

• 스킬 그리폰의 비명

• 스킬 프라이팬 거대화

설명: 헤파스의 후예가 심혈을 기울여 제작한 전설 아티팩트. 특히나 요리를 위한 부분에 더욱더 심혈을 기울였다. 요리할 때,

하급 정령들이 나타나 요리를 도와준다.

[환상적인 치킨&피자 세트를 드셨습니다.]
[착용한 아티팩트 중 하나의 아티팩트의 특수 능력이 강화됩니다.]
[랜덤 선택으로 식신의 식칼 스킬의 식신의 가호가 강화됩니다.]

(식신의 가호)
아티팩트 스킬
레벨: 없음
소요 마력: 1시간당 700 / 쿨타임: 없음
효과:
•공격력 817의 식신의 식칼 세 개가 나타나 언제든 주인을 보호하며, 혹은 적에게 공격을 가한다.
•17% 확률로 식신의 식칼의 추가 대미지가 160%가 되는 크리티컬이 터진다.

프라이팬의 경우 공격력이 200 정도, 방어력도 150 정도 상승했다. 또한, 마법 방어력 +100이 붙던 것이 +200이 되었으며 기존에 2클래스 마법 캐스팅 없이 였던 것이 3클래스까지로 변화했다.

가장 중요한 부분은 이제 요리를 할 때 하급 정령들이 나타나 도와준다는 점이었다. 그리고 식신의 가호의 경우 기존에 두 개의 식칼이 나타났던 것이 세 개로 늘어나는 효과를 가졌다.

흡족해하던 그때, 어느덧 콜로디스 제국으로 진입했던 마차가 페루 백작이 이끌고 있는 영지인 '반체스타'에 도착했다.

"신분을 증명할 만한 게 있습니까?"

경비병들은 의심의 눈초리로 보며 말했다.

민혁은 아스폰 황제로부터 받아온 초대장을 보였다.

"추, 충!!"

"이거 실례했군요, 들어가서도 됩니다."

황제의 초대장이 가지는 힘이 어떠한지를 보여주는 대목이었다.

민혁은 갑자기 깍듯해진 경비병들을 지나쳐 반체스타에 들어섰다. 영지 반체스타. 매우 부유한 영지로 유명한 곳이었다.

그 부유함이 '키메라'라는 사실이 큰 한몫을 하는 것을 아는 민혁이었기에 화려한 대리석과 멋들어진 건물을 보니 역겨워졌다.

자, 이제 문제는.

'어떻게 저 영주의 성에 잡입하느냐이다.'

코니르의 말에 따르면 페루 백작의 성의 병력은 황궁 못지 않다고 했다.

돈이 많은 페루 백작은 아이들을 이용한 키메라 실험을 하면서 당연히 그 어떤 영지보다 경비를 삼엄하게 하는 게 당연했다.

그때, 코니르가 했던 말 중 하나가 떠올랐다.

죄악의 던전 안의 용은 30번의 주기로 죽이고 새로운 알에서 부화해야 한다.

그 주기가 되었고 그 제물로는 보통 사제들이 몰래 잡혀 온다고 했다. 그리고 스스로가 그들을 잡아 오는 일을 했던 걸지도 모른다고 했다.

참 이상한 일이다. 자신에 대해선 1도 기억하지 못하면서 그 과정의 일들은 모두 기억하니.

'키메라가 되어서인가?'

그러던 중, 민혁은 의외의 인물을 만날 수 있었다.

"민혁루야! 교주…… 아니, 민혁 님께서 여기 어쩐 일이십니까?"

바로 민혁교의 열렬한 일원. 사제 케네였다.

사제 케네는 아테네교의 임무를 받아 이필립스 제국, 나아가 콜로디스 제국 각지를 돌며 사람들을 위해 기도를 올리고 있다고 했다.

그리고 코니르의 말에 따르면 이번 주기의 폐루 백작의 타켓은 '케네'일 것이라고 했다. 아주 쉽게 들어갈 수 있는 방법이 나타난 것이다.

민혁은 로열 상점에서 구매했던 품목 중 하나를 꺼냈다. 혹시 몰라 구매해 놨는데, 이렇게 쓰일 줄 몰랐다.

바로 '도플갱어의 포션'으로 먹는 순간 다른 사람의 모습으로 변화할 수 있었다.

도플갱어의 포션을 먹은 민혁은 케네의 모습이 될 수 있었다. 그리고 케네에게 옷 좀 빌려달라고 말하자.

"영광입니다. 민혁 님이 제 옷을 입어주신다니!"

마치 그는 설레하는 소녀 팬 같은 모습이었다. 그리고 민혁이 하는 일을 듣고 격노했다.

"그런 나쁜 놈들이!"

그렇게 민혁은 케네가 되어 사제복을 입고 움직이기 시작했다.

케네는 그저 사람들에게 좋은 말씀, 기도 한 번씩을 해주며 돌아다니면 된다고 했다.

"사제님, 안녕하신가요?"

"아테루야, 제가 자매님을 위하여 기도하겠습니다."

민혁은 시장의 여성 앞에 서서 양손을 모아 기도를 올렸다. 그에 여성은 설레는 표정으로 서둘러 양손을 모으고 눈을 감았다.

"하늘에 계신 아테네 신이시여, 우리에게 일용할 양식을 한 번, 두 번, 세 번, 네 번 계속 내려주옵시고, 매일매일 맛있는 고기반찬이 나올 수 있게 풍요롭게 해주시길 바랍니다. 라멘…… 아, 아니, 아멘!"

'엥?'

여성은 고개를 갸웃했다. 그리고 케네의 모습을 한 민혁이 이를 드러내 웃었다.

"아테루야. 맛있는 하루 되시길."

"……."

멀어지는 사제를 보며 여성은 머리 옆에 손가락을 대고 빙빙 돌렸다.

## 3장
## 라면 끓이는 검성

민혁은 온종일 시장을 돌아다녔다. 그러던 중, 자신을 쫓는 인기척을 들었다.

그 인기척은 소리 소문 없이 갑자기 자신을 기습했다.

퍽!

강력한 손등이 뒷목을 후려쳤다.

민혁의 HP와 방어력 등에 따라 큰 타격은 없었다. 하지만 그는 추욱 늘어졌다.

그리고 그들은 정체 모를 무언가를 민혁의 몸에 대보기 시작했다. 그것은 신성력을 확인하는 것으로 보였다.

"신성력이 충만하군."

"사제가 분명해."

그들은 기절한 척하는 민혁을 이끌고 이동했다. 그리고 민혁은 무사히 페루 백작의 성에 들어갈 수 있었다.

페루 백작의 성내에서도 밑으로, 계속 밑으로 내려갔다.

"살려주세요!!"

"제, 제발 먹을 것 좀 주세요!!"

감옥에 갇힌 아이들의 울음이 들려왔다.

슬쩍 눈을 떠보니, 복도 하나에 약 10개가 넘는 철문이 있었고 그 안에 아이들 여러 명이 있었다. 즉, 수십 명도 더 넘게 이 추악한 곳에 붙잡혀 온 것이다.

민혁의 주먹이 꽉 쥐어졌다.

물론 그들은 NPC이다. 하지만 그럼에도 이러한 행위 자체는 매우 역겹고 화가 치밀었다.

그리고 민혁을 끌고 온 이들은 그를 깨웠고 그는 자신의 손목에 채워진 것을 느꼈다.


**[악마의 팔찌를 착용하셨습니다.]**
**[모든 신성력을 제한받습니다.]**


아마도 사제의 신성력을 우려한 듯싶었다. 그리고 보통의 사제라면 신성력이 없을 땐, 일반 사람과 별반 다를 것이 없어진다.

민혁은 살려달라며 빌고 또 빌다가 방 안에 갇혔다.

그곳에서 소리를 치고 애원했다.


[헤…… 이…… 즈……]

그때 코니르가 입을 열었다.

민혁은 그 아이에 대해 들었다.

특별한 아이였다. 누구보다 강한 아이라고. 유일하게 수년이 지난 지금까지 속 안으로 키메라로 변화시킬 수 있는 '갈망'이 쌓이지 않았다고 한다.

어쩌면 그만큼 헤이즈가 특별한 존재일지도 몰랐다.

그녀는 항상 아이들을 위로하는 기둥이라고 들었다.

민혁은 자신을 위로하는 그녀에게 벌벌 떨며 물었다.

"네, 네 이름은 뭐니, 꼬마야."

"헤이즈."

"예, 예쁜 이름이구나. 아테네 신의 가호가 함께하길."

민혁은 그녀의 손을 꼭 잡고 기도를 올렸다.

진심의 기도였다. 이 아이들이 배고프지 않기를, 세상에 배고픈 사람들이 사라지기를. 그리고 누군가를 배고프게 만드는 사람들이 없기를.

그를 내려다보던 헤이즈가 물어왔다.

"네 이름은 뭐야?"

그 물음에 민혁은 먼저는 속으로 답했다.

'구하러 왔어, 헤이즈.'

그리고 입 밖으로 답한다.

"민혁."

"민혁…… 민혁…… 기억할게."

그 이름을 몇 번이고 곱씹던 그녀가 흐릿하게 웃어 보였다.

기억한다는 의미를 민혁은 알 수 있었다. 우리는 곧 죽겠지만 죽어서도 이 자리의 모두를 잊지 않고 싶다.

헤이즈는 특별한 소녀가 분명해 보였다.

민혁은 헤이즈에게 '심연의 눈'을 사용해 봤다.


**[심연의 눈을 사용합니다.]**
**[관찰에 성공하셨습니다.]**


**(헤이즈)**

등급: 전설이 될 이름

레벨: 5

공격력: 57

방어력: 48

특수 능력:

• 패시브 스킬 명석한 두뇌

• 패시브 스킬 현란한 언어술

• 패시브 스킬 전설의 재능

잠재력: 134

경험치: 13%/100%

설명: 헤이즈. 그녀는 어렸을 때부터 타고난 두뇌를 가진 소녀이다. 전술가, 전략가, 혹은 상인이 된다면 전설이 될 수 있을지도 모른다.

'……?'

민혁은 다소 놀랄 수밖에 없었다. 잠재력이 노인 밴과 맞먹는 수준이었다. 심지어 '등급'에는 전설이 될 이름이라고 적혀져 있었다.

전술가, 전략가 혹은 상인으로서 전설이 될지도 모르는 아이!

스킬들을 확인해 봤다.

**(현란한 언어술)**

패시브 스킬

레벨: 없음

효과:

• 말 한마디에 천 냥 빚을 갚는다는 말이 있다. 실제 그러한 일이 가능하게 할 정도로 말을 잘한다.

•그녀가 말을 시작하면 사람들은 자신들도 모르게 공감하기 시작할 거다.

•낙동강 물을 수백만 골드에 팔아넘길 수 있을지도 모른다.

**(전설의 재능)**

패시브 스킬

레벨: 없음

효과:

• 전설이 될 재능을 타고났다. 전략가, 전술가가 된다면 전쟁터

에서 엄청난 실력을 발휘할 것이다.

- 다른 이들보다 무엇을 배우든 훨씬 더 빠르게 배우고 성장한다.
- 아직 모든 힘을 개방하지 못했다.

패시브 스킬들마저 특별해 보였다. 일반적인 시장 NPC들 같은 경우 확인할 시에 패시브 스킬도 없는 이들이 태반이었다. 또한, 아직 모든 힘을 개방하지 못했다고 쓰여 있었다.

고개를 주억인 민혁은 곳곳에서 들리는 목소리를 들었다.

"배고파⋯⋯."

"죽을 것 같아⋯⋯."

"맛있는 거 한 번이라도 먹고 죽으면 소원이 없을 것 같아."

이 감옥 안은 그 어떠한 것도 존재하지 않았다. 마치 배고픔에 아무거나 주워 먹는 것과 자살을 방지하기 위함인 것 같았다.

영체화된 코니르는 헤이즈의 앞에 쭈그려 앉아 그녀의 머리를 쓰다듬으려 하고 있었다.

하지만 영체화된 헤이즈의 머리를 쓰다듬을 수 있을 리 만무했다. 손이 허공을 스쳤다.

[헤⋯⋯ 이⋯⋯ ㅈ.]

"나는 내일 죽는 걸까?"

두려움과 슬픔을 어느 정도 진정시킨 듯한 모습으로 민혁이 헤이즈에게 물었다.

그녀는 어떠한 말을 해야 할지 모르겠다는 듯 말했다.

"사제들은 주로 어떤 일을 해?"

시시콜콜한 이야기를 물어왔다. 긴장을 떨치게 해주기 위함인 듯했다.

민혁은 질문에 답해줬다. 그러다 음식 이야기도 나왔다.

"난 음식 중에서 커리를 잘 만들어."

"커리?"

민혁은 그에 이채를 띠었다.

"응, 커리. 어렸을 때부터 커리를 좋아해서 커리 만드는 방법을 연구해 왔지, 후후, 커리는 나만큼 잘 만드는 사람이 없을걸?"

민혁은 '호오라-' 하는 표정을 지었다.

커리는 카레였다.

이제는 동네에서도 손쉽게 커리 가게를 찾을 수 있었다.

커리 가게는 보통 외국인이 운영하고, '난'이라는 빵에 찍어 먹는다. 커리에 가득 든 닭고기, 혹은 양고기, 또는 소고기 등 자신이 원하는 것을 선택해 나온 커리.

갈릭 난과 같은 것에 커리를 듬뿍 올려서 먹어주면 아주 맛이 좋으며, 탄두리치킨 또한 맛이 좋다.

그리고 '라시'라는 종류의 인도 전통 음료가 존재한다.

이 라시는 쉽게 말하면 요구르트의 종류인데, 전통적인 라시는 짠맛이 강하지만, 최근에는 카페에서 흔히 파는 플레인 요거트와 비슷한 달콤한 맛이 난다.

곧이어 헤이즈가 말했다.

"나중에 내가 맛있게 한번 해줄게."

그 순간 민혁에게 알림이 울렸다.

띠링-

**[돌발 퀘스트: 헤이즈를 구원하라]**

등급: S

제한: 헤이즈와의 친밀도

보상: 인도 커리 세트

실패 시 페널티: 헤이즈의 사망

설명: 커리를 잘 만드는 헤이즈. 그녀를 구해준다면 난&커리&라시&탄두리치킨으로 구성된 커리 세트를 먹을 수 있을 것이다.

그녀가 꼭 살아야만 하는 이유가 생겼다.

다음 날, 바르첼은 만반의 준비를 갖추기 시작했다.

죄악의 던전에 존재하는 용. 그 용에 대해서 확인한 바르첼은 놈이 생각보다도 더 강력하고 끔찍한 녀석이라는 걸 깨달았다. 바로 전설의 4대 용 중 하나인 독룡 암바카였다. 놈은 어마어마한 맹독을 뿌리는 용이었다.

그리고 바르첼의 옆으로는 그가 데려온 기사의 탑의 탑원 세 사람이 함께였다. 그들은 평소 부탑장 후계자인 바르첼을 모시는 이들이었는데, 그만큼이나 탐욕스럽고 욕심 많은 이들이었다. 그들 또한, 페루 백작으로부터 막대한 돈을 얻을 수 있을 터였다.

그리고 그들이 걸음을 옮겼다.

그들은 밧줄에 꽁꽁 묶여 있는 어린아이들과 사제를 보았다. 어린아이들의 숫자는 다섯이었다. 바로 헤이즈의 방의 아이들이었다.

보통 키메라를 만들 때, 수십 명을 만들지 않고 이렇게 소수의 이들을 하루에 한 번 번갈아 만들곤 한다.

'내게 아주 큰 부와 명성을 가져다줄 재료들이구나.'

바르첼은 이번에 전설 등급으로 진화한다면 이제 국내의 독보적인 1인이 될 수 있을 거라 믿어 의심치 않았다. 아이들을 바라보는 바르첼의 눈빛은 탐욕 그 자체에 물들어 있었다.

아이들을 이끌고 바르첼은 더 깊숙한 지하로 내려가기 시작했다. 그리고 그 지하에 바로 '죄악의 던전'으로 가는 입구가 있었다.

참으로 놀라운 일이었다.

바르첼과 기사단 세 사람이 함께해야 할 일은 간단했다. 죄악의 던전에 있는 기본적인 몹들을 사냥한 후에, 곧바로 보스 방으로 도달해 아이들과 사제만을 밀어 넣은 후, 문을 닫은 뒤 시간이 지난 후 돌아와 암바카 레이드를 펼치면 된다.

함께한 기사 단원 세 사람은 기사의 탑의 최하위에 선 이들이었지만 이마저도 어지간한 기사단장을 초월하는 수준이었다.

'문제는 없어 보이는군.'

일에 차질이 생길 것은 전혀 보이지 않았다.

"제, 제발! 살려주세요! 제발!!"

끌려온 사제가 죄악의 던전 입구 앞에 서서 다리에 힘이 풀린 듯 주저앉아 다리를 잡고 빌기 시작했다.

"아테네교의 사제가 죽음을 두려워해? 기뻐해야지, 아테네를 만나게 해주는 일이니."

"제발 살려주세요. 살려만 주시면 뭐든지 할게요!"

바르첼은 피식 웃음을 지었다.

아이들과 헤이즈는 울음을 참기 위해 치아를 꽉 물고 끅끅거리고 있었다. 또한, 사시나무처럼 떨리는 다리, 한 남자아이는 바지에 오줌을 지려 바닥에 뚝뚝 떨어졌다.

"쯔쯧, 가여운 NPC들. 다음 생엔 부디 인공 지능 말고 진짜 사람으로 태어나라."

그 말을 뱉은 바르첼은 사제를 걷어찼다.

"컥!"

기사들이 사제를 안으로 내던졌다. 그와 함께, 아이들과 바르첼, 기사들이 안으로 들어가기 시작했다.

사장 강태훈은 심각한 표정으로 회의실에 앉아 있었다. 그를 비롯해 ㈜즐거움의 임원들이 말했다.

"문제가 심각해 보입니다. 유저들의 문의가 끊이질 않고 있습니다."

"맞습니다. 식신 민혁 유저가 가진 신성력은 저희들이 구축한 모든 시스템을 무력화시키기에 다분해 보입니다."

이야기의 주제는 바로 식신 민혁 유저가 가진 신성력이었다.

4천을 웃도는 신성력에 의해 두 배의 공격력을 발한다. 심지어 성자의 검은 애초에 뽑지 말라고 만든 아티팩트다.

피식하고 실소가 흐른다.

유저 개인이, 그것도 보너스 포인트로 올릴 수 없는 스텟을 4천 개를 달성했다. 그 누구도 예상하지 못한 결과다. 현재 신성력을 두 번째로 가장 높게 보유한 바베카의 아이도 1천이 채 되지 않건만.

특히나, 얻기 힘든 신성력 스텟인 만큼이나 100의 신성력 당 공격력, 방어력 10%의 혜택이 추가된 게 민혁을 강하게 만들었다.

심지어, 성자의 검에 붙은 성자의 수호도 문제였다.

성자의 수호는 소유한 스텟 30% 개수만큼의 공격력, 방어력을 올려주며 심지어 이는 길드원과 가신들도 포함된다. 그 때문에 민혁이 이번 전투에서 빛을 발했지만 그만큼 밸런스가 너무도 크게 무너졌다.

하지만 ㈜즐거움은 밸런스가 무너졌다고 바로 패치해 버리는 무책임한 회사가 아니었다.

"그 유저가 일구어낸 것은 놀라운 일이지, 그에 합당한 대가를 치르고 패치를 해야 한다고 생각하네. 지금 패치 보고서에 따르면 신성력이 기존에 주던 혜택을 변경해, 힐의 %의 상승이나, 혹은 성기사들의 경우 HP 자체 회복률을 올려준다고 되어 있으니, 문제는 없겠지."

힐의 %와 HP 자체 회복률 상승이 붙게 된다면 유저들은 이번 패치 정말 좋다며 박수를 칠 거다.

하지만 민혁과 같은 극의에 오른 인물은 달랐다.

"성자의 검을 회수하고 신성력 4천에 따른 보상을 줘야 한다."

강태훈은 손가락으로 리듬을 타듯 톡- 톡- 톡- 테이블을 두들겼다.

민혁이 무엇을 요구할지 모른다. 심지어 성자의 검과 신성력 4천이면 결코 가벼운 보상은 아니 된다.

그리고 그에 대한 것을 바로 결정할 수 있는 사람은 ㈜즐거움에서 자신뿐이다.

"내가 직접 민혁 유저와 만나 협상을 보도록 하지."

바르첼과 기사단원들은 죄악의 던전에 있는 몬스터들을 가뿐하게 도륙하며 나아갔다.

안에 있는 몬스터들은 언데드가 주를 이루었는데, 크게 감당하지 못할 정도로 강하진 않은 편이었다.

어느덧 그들은 보스 방 앞에 도달했다.

바르첼이 검을 빠르게 뽑았다.

[연속 발도]
[한 번의 발도로 네 번 연속 공격합니다.]

차차차찻!

앞을 가로막은 몬스터들이 검집에서 빠르게 뽑아낸 바르첼의 검에 양단되어 후두둑 쓰러졌다.

그리고 바르첼과 기사단원들이 아이들과 사제를 그 안으로 던지듯 밀쳤다.

쿠그그그그그그-

그리고 보스 방으로 들어가는 입구를 바위를 밀어서 닫아 버렸다.

헤이즈는 침착하게 주변을 둘러봤다. 앞쪽에 거대한 제단이 있었고 그 위로는 벽에 박힌 용의 머리가 있었다.

쿠그그그그그그그그-

그와 함께, 보스 방이 진동을 하기 시작했다.

"끄흐흐흐……."

"울지 마, 로나. 괜찮아, 코니."

헤이즈는 그들을 꽉 껴안았다.

키메라가 되면 정신을 지배당해 아무것도 기억하지 못한다고 하였다. 그리고 오로지 살인 병기가 된다고 들었다.

아이들을 격려하면서도 헤이즈의 다리가 사시나무 떨듯이

떨리기 시작했다.

그러다 문득 한 이가 생각났다.

그 이름 코니르. 그는 키메라였다. 한데, 특이하게도 자아를 잃지 않고 아주 일부를 가지고 있었다.

그는 헤이즈의 방으로 간혹 맛있는 것들을 몰래 가져와 넣어줬다. 그리고 그 코니르는 더 이상 보이지 않았다.

코니르의 눈은 볼 때마다 항상 슬퍼 보였었다.

그리고 그때.

두두두두둑-

제단 위의 돌로 된 용의 머리에 금이 가기 시작했다. 그리고 그 돌들이 후두둑 떨어졌다.

이윽고 모습을 드러낸 건, 외피를 벗은 듯한 용이었다.

"키헤에에에에에에엑!"

머리만 있던 그것이 벽을 비집고 나오기 시작했다. 헤이즈의 다리가 덜덜덜 떨려왔다.

"누나, 나 무서워……."

"살고 싶어…… 아직 죽고 싶지 않아."

"엄마, 엄마, 엄마! 으아아아앙!"

헤이즈는 아이들의 울음을 들으며 눈물을 흘렸다.

그녀가 품속에서 무언가를 꺼냈다. 그다음 아이들의 앞으로 던졌다. 그것은 헤이즈가 몰래 숨겨두었던 '칼 조각'이었다.

"선택은 너희들의 몫이야."

그녀는 강요하지 않았다. 그저 자신이 쥔 조각을 두려움에 양손으로 꽉 쥐었다.

쥔 손이 뜨겁다. 피가 뚝뚝 흐른다.

하지만 그녀는 천천히 그것을 자신의 목에 가져갔다. 키메라가 될 바에 죽는 게 낫다.

아이들도 하나둘, 칼 조각을 집어 들었다. 아직 어렸지만, 아이들에게는 선택할 수 있고 결단할 수 있는 의지가 있었다. 헤이즈와 지내오는 동안, 아이들은 성숙해졌다.

"캬아아아아아아악!"

그리고 마침내, 벽을 비집고 튀어나온 암바카가 그녀를 집어삼키기 위해 그 거대한 입을 벌렸다.

자신의 목을 칼로 찌르려는 마지막 순간, 헤이즈는 몸을 돌려 아이들의 얼굴을 눈에 담았다.

그녀의 눈에서 눈물이 흘렀지만, 그녀는 활짝 웃었다.

"천국에서 만나자."

그리고 손을 움직이려는 순간이었다.

수우우우웅―

바람이 느껴졌다.

헤이즈의 눈동자가 옆으로 굴러갔다. 조금 전, 사제가 두려움에 떨며 고개를 파묻고 있던 자리에 그 사내가 없었다.

"……?"

그녀의 고개가 돌아가기 전이었다. 그녀의 앞으로 정체 모를 아기 돼지가 나타났다. 아기 돼지는 헤이즈의 손에 들린 칼날을 빼앗았다.

"꿀꿀!"

이럼 못 써 꿀!

그리고 헤이즈의 고개가 천천히 돌아갔다.

차차촥!

사제복을 입고 있는 사내의 몸에서 세 개의 검은 식칼이 튀어나왔다.

"아이들을 지켜줘."

자아를 가진 듯한 검은색 식칼들이 헤이즈와 아이들 앞에 멈추어섰다. 그리고 사내의 손에 어느덧 거대한 크기의 무언가가 들려 있었다.

'프, 프라이팬……?'

그녀는 순간 저게 정말 프라이팬일까 하는 생각을 했다.

바로 그때, 거대한 암바카의 입이 사내의 앞에 도달했다.

"아, 안……!"

헤이즈는 자신도 모르게 외칠 뻔했다.

그 순간.

태에에에에엥-

프라이팬에 직격당한 암바카가 그 거대한 힘에 뒤로 날아가 벽에 처박혔다.

콰아아아아아앙- 후두두두두둑-

자욱한 흙먼지가 피어오르며 그 영향에 의해 헤이즈의 머리카락이 바람에 흩날렸다.

사내가 자신이 입고 있던 사제복에 손을 뻗었다.

힘을 주자 찌이이이익- 거리는 소리와 함께 사제복이 찢어졌다. 그리고 모습을 드러낸 것은 뼈로 구축된 단단해 보이는 갑옷이었다.

'요, 용을, 어떻게……'

헤이즈도 용이란 존재가 얼마만큼 강한 존재인지 알았다.

천천히 그 사내가 고개를 돌렸다.

"누, 누구야……?"

그 질문에 사내가 부드럽게 웃으며 천천히 다가왔다. 그리고 눈에서 흐르는 눈물을 그 큼지막한 손으로 닦아줬다.

"좋은 어른…… 이랄까."

쾅아아아아아앙-

격렬한 폭발 소리를 들으며 기사단원들과 함께 죄악의 던전 앞에 있는 바르첼은 어깨를 으쓱이며 웃었다.

"오호~ 오늘 독룡 녀석이 매우 신났나 보군요."

"후후후후, 독룡을 사냥하시고 바르첼 경께서 한층 더 강력해진다면, 이제 부탑장이 될 수 있겠군요."

바르첼은 입꼬리를 말아 올렸다. 부탑장이 된다면 자신은 국내에서 카르보다도 더 검으로 입지 있는 인물이 될 것이다. 욕심에 차오른 그.

한 기사가 농담스럽게 말했다.

"보통 과거의 영웅담이나 전설 등을 통하면 이러할 때 영웅이 나타나 독룡을 사냥하곤 하던데 말이죠."

"크흐흐흐, 그러면 우리는 악당이 되는 겁니까?"

바르첼은 재밌다는 듯 웃었다.

뭐, 악당이라면 어쩌랴? 어차피 게임이지 않은가. 심지어 그런 영웅이 있다고 할지라도 독룡 암바카를 죽일 수는 없을 것이다.

"얼마 전에 본 드래곤 로드라는 녀석이 세상에 모습을 드러냈지요. 전설의 4대 용은 아니지만 최초로 모습을 드러낸 드래곤이란 건 사실이죠."

그는 그날을 똑똑히 기억했다.

ATV에서 최고 시청률이 자그마치 60%를 기록했다고 들었다. 사실상 TV 시청자 중 반절 이상이 보았다.

또한, 즐투브나 혹은 인터넷 등을 본 이들까지 합친다면 전 국민의 반절 이상이 보았다는 건 기정사실이다.

그 안에서 나타난 본 드래곤 로드.

"녀석은 이방인에 의해 죽었습니다."

"이, 이방인이요?"

"예."

바르첼이 고개를 주억이자 기사들은 놀란 표정을 지어 보였다.

본 드래곤을 이방인이 죽였다.

물론 결국에 죽은 드래곤이었고 일반 성체의 드래곤과 비교했을 땐 한없이 약하다고 할 수 있을 것이다.

하지만 이방인들이 빠르게 성장한다고는 하나 아직 아테네 세계관을 주무르는 지킴이들에 비해선 한없이 부족하다.

그런데, 어찌?

"제가 수집한 정보에 따르면 본 드래곤 로드는 전설의 4대 용에 비하면 한없이 약하다고 합니다. 그리고 그 자리에 불의 용과 빙의 용 또한 있었는데, 그 녀석들은 아직 한참이나 자라야 할 새끼 용이었죠. 그런데, 그 새끼 용들이 다 자라난다면? 본 드래곤 로드 세 마리가 있어도 한 마리를 감당 못 한다고 합니다. 반대로."

바르첼은 먼 끝에 있는 동굴을 보았다.

"독의 용은 서열 세 번째의 용, 또한 알에서 태어나자마자 완전한 성장을 이룬다고 합니다."

"그거 참 신기한 녀석이군요."

"영웅이 있다 한들, 저희들보다 강하지 않은 이상 잡지 못합니다. 또한, 독룡 암바카는 엄청난 독을 뿜어내는 녀석입니다. 그 독을 감당할 수 있는 존재는 몇 안 됩니다."

바르첼은 어깨를 으쓱였다.

그는 분명히 불가능한 사실이었다. 자신의 레벨도 490에 이르러 있다. 또한, 이 기사들과 함께이기에 자신도 가능한 일이었으며 자신들의 경우 기사의 탑에서 조달해 온 '독왕의 포션' 또한 구비해 왔다.

독왕의 포션은 독 저항력 60%를 올려주는 뛰어난 포션이었다. 그것이 있기에 독룡을 사냥할 수 있는 것이다.

'아, 만약.'

프라이팬 살인마라면 가능할지도?

하지만 너무 맥없는 생각인지라 그는 피식하고 웃어버렸다.

바닥에 고개를 파묻고 두려운 척하는 민혁의 귓가에 아이들의 울음소리가 들려왔다.

"누나, 나 무서워……."

"살고 싶어…… 아직 죽고 싶지 않아."

"엄마, 엄마, 엄마! 으아아아앙!"

민혁이 독룡 암바카를 굳이 사냥하려는 이유는 간단했다.

먼저는 원인 자체를 지워 버리는 것이다. 죄악의 던전과 독룡 암바카가 남아 있다면 이는 결국에 반복될 확률이 높았다.

다른 이유로는 죄악의 던전은 지하 끝에 위치해 있었다. 공간이 협소했고 적들이 몰려오는 걸 막아내기에 편리했다.

그리고 민혁은 헤이즈의 목소리를 듣고 알았다. 스스로들 목숨을 끊으려 한다. 정말 이 아이들은 그동안 성장했다.

민혁이 아이들에게 자신의 정체를 밝히지 않고 숨긴 이유. 그 또한 간단했다.

낮말은 새가 듣고 밤말은 쥐가 듣는다 하였다. 페루 백작이 어떠한 장치를 숨겨두었을지도 모르는 노릇이었고 또는 아이들 안에 페루의 사람이 있을지도 모른다.

그렇게까지 의심할 필요가 있냐고? 오랜 시간 동안 이 안에서 키메라를 만들어 온 인간이었다. 그는 결코 멍청한 인물이 아니었다.

그리고 헤이즈와 아이들이 자살하려 한다는 사실을 알았다. 그와 함께, 독룡 암바카가 맹렬한 속도로 그녀를 집어삼키기 위해 몸을 날렸다.

이때가 적기였다. 만약 이 아이 중 페루 백작의 사람이 있었다면 이쯤에선 빠졌을 테니까.

프라이팬을 거대화시킨 민혁은 달려가면서 '식신의 가호'를 사용, 검은 식칼 세 개를 만들어냈다.

그와 함께, 콩이를 소환하였다.

매서운 기세로 날아오는 독룡 암바카를 민혁은 있는 힘을 다해 후려쳤다.

콰아아아아아앙-

민혁은 원피스처럼 기다란 사제복이 굉장히 거슬렸다. 손으로 잡아 힘을 주자 찢겨 나갔다.

그때, 등 뒤에서 목소리가 들렸다.

"누, 누구야……?"

헤이즈는 당혹한 기색이 역력했다.

그럴 수밖에 없는 것이 울며불며 살고 싶다고 소리쳤던 사내가 독룡 암바카를 날려 버렸으니 그럴 수밖에.

민혁은 그 질문에 고민했다.

어른에 의해 절망에 물든 아이들. 어른의 욕망에 의해 배고

품에 시달려서 '정수'를 쥐어짜 내야 하는 아이들. 이 아이들에게 무슨 말을 해줘야 할까.

그녀의 볼에서 흐르는 눈물을 손으로 닦아주며 말했다.

"좋은 어른……이랄까?"

세상에 나쁜 어른만이 있는 게 아니라는 걸 알려주고 싶었다.

바로 그 순간.

콰아아아아아아앙-

벽에 처박혔던 독룡 암바카가 돌무더기 사이에서 튀어 올랐다.

"키에에에에에에!"

놈을 처음 보았을 때, 녀석에게서 이런 알림이 들렸었다.

[4대 전설의 용 중 하나와 만납니다.]

[독룡 암바카는 완전한 성장을 끝낸 용입니다.]

[명성 50을 획득합니다.]

[4대 전설의 용 중 하나인 독룡 암바카를 사냥한 자에게는 보상이 주어집니다.]

완전한 성장을 이룬 용!

민혁의 주위엔 용을 누구보다 능숙히 다루는 아버지 흑염룡이 있었다.

흑염룡이 다스리는 브레트니와 데스티니의 경우 이제 막 걸음마를 뗀 용에 불과하다. 반대로 앞에 있는 독룡 암바카는 완전한 성장을 이룩해 낸 존재. 결코 쉬운 상대가 아니었다.

녀석이 민혁을 향해 날아왔다.

"키햐아아아아아아!"

거친 포효성을 터뜨리는 암바카.

콩이는 재빠르게 아이들을 이끌고 구석진 곳으로 피신했다. 그와 함께 콩이가 재빠르게 품속에서 무언가를 꺼냈다.

**[공간 보호의 양피지를 찢었습니다.]**
**[반경 1m 안으로의 모든 공격이 무용지물이 됩니다.]**

이 역시 로열 상점에서 판매하는 물품으로 단 한 장만을 구매할 수 있었다. 아직 전쟁 에피소드가 완전히 끝난 게 아니었기에 사용 가능했다.

콩이의 주변으로 생겨난 작은 마법진 안으로 아이들이 옹기종기 모여들었다.

그 순간 맹렬한 속도로 날아오던 독룡 암바카의 몸 곳곳에서 독이 폭사되었다.

**[독룡의 격분]**
**[독룡의 몸에서 뿜어진 독을 흡입하는 순간 매초 2.4%의 피해량을 입힙니다.]**

"……!"

경악할 만한 수준이었다. 2.4%의 피해라면 초마다 어마어마한 양의 HP가 감소되는 거였다.

그리고 호흡하는 순간, 민혁의 코로 역겨운 독이 들어왔다.

**[모든 상태 이상으로부터 버텨낼 수 있는 만독불침의 육체를 가지고 계십니다.]**

하지만 민혁에겐 무용지물이었다. 즉, 암바카에게 민혁은 최악의 적수일지도 몰랐다.

[인간…… 따위가……!]

민혁은 놀랐다. 놈의 입에서 흘러나오는 소리는 용의 울음이 아닌, 또렷한 음성이었기 때문이다. 하지만 민혁의 경우 '용언'을 몰랐기에 무슨 소리인지 알아들을 수 없었다.

그 순간, 독룡 암카바의 주변으로 수십여 개의 거대한 독의 창들이 생겨났다.

촤촥촥촥촥촥촥촥촥촥촥!

수십여 개의 독창들이 민혁을 향해 날아왔다.

민혁이 발 빠르게 바람 같음을 사용, 거리를 좁혀 독룡 암바카에 접근했다. 그리고 빠르게 난무하는 검을 발현시켰다.

피피피피피피피피핏-

검의 잔상들이 독룡 암바카의 몸을 가격했다. 하지만 놈의 단단한 비늘에 생채기조차 내지 못하고 있었다.

'추가 공격력이 높지 않은 난무하는 검으로 안 된다는 건가?'

심지어 녀석은 마물이나, 혹은 마계, 또는 언데드로 인식되지 않기 때문인지 신성력 특혜 또한 없었다.

그에 빠르게 민혁이 붉은 기운이 넘실거리는 검을 내려쳤다.

갈라내는 검. 두 개의 반월의 검기가 빠른 속도로 허공에 떠올라 있는 독룡 암바카를 향해 날아갔다.

그와 동시에 민혁이 함께 내달렸다.

그 순간 민혁은 암바카의 입에서 찰나에 생겨난 정체 모를 것을 발견할 수 있었다.

'여의주?'

진주처럼 하야면서 거대한 구슬.

그리고 그것은 빠르게 사라졌다.

**[여의주]**

**[여의주의 힘을 빌어 암바카가 더욱더 강력한 힘을 발합니다.]**

그 순간이었다.

쿠화아아아아아아아악-

독룡 암바카의 주변에서 거대한 독이 폭사되기 시작하더니, 이어서 날아가던 두 개의 검기가 파고들지 못하고 허공에 흩어져 소멸되었다.

"……!"

민혁이 경악했다. 달리던 그가 멈추려는 그때.

쐐에에에에에엑-

초록빛이 번쩍하고 터져 지나갔다. 그리고 민혁의 가슴팍을 관통했다.

파아아아앙-

[독룡의 독살의 창]

[여의주의 힘이 깃든 독살의 창은 일반 독살의 창보다 두 배 강력하며 치명타 확률이 80% 상승합니다.]

[치명타.]

[독살의 창이 세 배의 대미지를 입힙니다.]

"크헙!"

가슴팍을 관통당한 민혁이 창대를 쥔 순간, 그대로 창과 함께 날아가 벽에 처박혔다.

"쿨럭!"

주르르륵-

[HP가 10% 미만으로 하락합니다.]

강하다. 그 말이 절로 나오는 존재였다.

민혁은 완전한 성장을 끝낸 용이 얼마나 강력한 존재인지 새삼 깨달았다. 심지어 세 배의 대미지로 급소를 공격당했다.

"아, 아저씨!!"

헤이즈는 바닥에 쓰러진 민혁을 보며 소리 질렀다. 그리고 자신도 모르게 결계 바깥으로 뛰쳐나가려 했다.

"꾸울!"

그 앞을 콩이가 막아섰다. 콩이는 비장한 표정으로 가서 안 된다고 했다. 콩이는 누구보다도 민혁을 믿는 이이기도 하였다.

헤이즈는 걱정스러운 표정으로 민혁을 보았다.

어른들에게 상처만 받던 자신과 아이들을 지켜주겠다고 나선 유일한 어른이었다. 그랬기에, 그러한 사람이었기에 그가 누구보다 걱정되었고 고마웠다.

바로 그때.

파아아아아앗-

강렬한 빛이 민혁에게서 터져 나왔다. 가슴을 꿰뚫었던, 절대 치료할 수 없을 것처럼 보였던 상처가 회복되었다.

불멸의 갑옷의 특수 능력의 발현이었다.

"헤이즈."

천천히 몸을 일으킨 민혁이 그녀를 불렀다. 눈물이 그렁그렁한 헤이즈가 그의 목소리에 귀 기울였다.

"아저씨 말고 오빠."

"……."

그 와중에 아저씨라고 불려서 기분 나빴나 보다.

흑염룡. 그는 근래 회장으로서 일화그룹을 이끌어가는 업무에 의해 아테네 접속시간을 최대한 줄였다.

하지만 하루에 한 시간씩은 꼭 접속했다.

그 이유는 간단했다. 브레트니와 데스티니에게 맛있는 식사를 챙겨주기 위함이었다.

녀석들은 흑염룡이 각별하게 아끼는 존재들이 되어 있었다.

그래서인지 스킬이 생겨났다. 바로 패시브 스킬 '교감'이었다.

교감 스킬은 그들의 목소리를 듣지 못해도, 알지 못해도 어떠한 감정을 가진지 느낄 수 있었다.

오늘도 흑염룡은 교감을 통해 그들의 목소릴 들었다.


[강해지고 싶어…….]

[당신을 지키고 싶어 흑염룡.]

[그때처럼 당신을 무력하게 바라보고 싶지 않아.]


흑염룡은 감격했다.

본 드래곤 로드 때, 무력했던 자신들을 생각하며 데스티니와 브레트니는 가슴 속 응어리가 된 듯 매일 같이 말했다.

그에 흑염룡은 이 녀석들이 더 빠르게 성장할 수 있는 방법을 정보꾼 아벨에게 부탁했다.

"브레트니, 데스티니. 내일 또 오마."

흑염룡은 아쉬움 가득한 표정으로 접속을 종료하려 했다.

"끼이이이······."

"끼에에에에······."

위엄 있고 멋진 두 마리의 용이 아쉬움에 머리를 최대한 숙이고 쓰다듬어 달라고 다가왔다.

"귀, 귀여워······!"

이 맛에 내가 아테네를 못 끊는다!

녀석들의 머리를 부드럽게 만져준 흑염룡이 이제 작별의 시간이라 생각했다.

그때.

[아벨: 아버님, 브레트니와 데스티니가 빠르게 성장할 수 있는 아티팩트를 찾아냈습니다.]

"······!"

흑염룡은 눈을 크게 떴다.

매일 슬퍼하는 이 아이들의 울음을 잠재울 해결책!

그리고 이 아이들이 더욱더 성장한 모습을 볼 수 있는 아티팩트!

[흑염룡: 그, 그게 뭔가?]

곧이어 아벨의 귓속말이 날아왔다.

[아벨: 바로 여의주입니다.]

독룡 암바카. 그는 특별한 용이었다.

이제까지 매번 죽음을 맞이하고 다시 알이 되어 태어나기를 반복해 왔다.

그러한 독룡 암바카는 죽지 않는다. 알이 되었을 때, 암바카는 기억 그대로를 고스란히 간직한 채 다시 태어난다.

불사. 어쩌면 그것이라고 할 수 있었다.

그러한 독룡 암바카는 여의주의 힘을 빌린 공격에도 불구하고 다시 일어선 사내를 보며 놀라웠다.

그 순간, 일어선 사내의 검에서 미약한 바람이 불기 시작했다. 그리고 수백여 개의 은빛 낙엽을 형성시켰다.

"흩날리는 검."

그의 검에서 휘몰아치던 바람이 은빛 낙엽에 깃들어 암바카를 향해 쇄도했다.

피피핏-

한 개의 낙엽이 스쳤을 때, 암바카의 피부에 초록색의 선혈이 맺혔다.

"키야야약!"

그 순간 독룡 암바카의 입에서 다시 여의주가 나타났다 사라졌다.

[여의주]

[순간적으로 방어력을 두 배 상승시킵니다.]

채채채채채채채챙-

독룡 암바카의 검은 피부가 한층 더 견고하고 단단해졌다.

암바카는 빠른 속도로 쇄도하는 낙엽을 무시한 채 날아들었다.

피피피피피피피핏-

단단해진 피부를 낙엽이 찢지 못할 거라 생각했다.

그리고 역시나.

태태태태태태탱!

피부와 닿은 낙엽은 퉁겨져 날아갔다.

암바카의 방어력은 자그마치 6천을 넘어섰다. 그러한 존재인 암바카의 방어력이 두 배가 된다는 것은 자그마치 1만을 넘는다는 거였다. 어마어마한 방어력이었다.

물론 여의주의 힘을 빌려 높인 방어력이었고 이러한 능력을 발하는 건 한계가 있었다.

최소한 그전에 다시 일어선 놈의 목을 물어뜯을 수 있을 거라 생각했다. 하지만.

핏-

"크랴아아아아악!"

피부를 파고들고 깊게 박혔다가 사라지는 낙엽에 맹렬히 민혁을 향해 날아가던 암바카가 비명을 토해냈다.

태태태태태태탱!

아직도 낙엽들은 피부에 박히지 못하고 있었다. 그런데, 조금 전 그것은 뭐란 말인가?

그 순간.

핏핏핏-

"키랴아아아악!!"

낙엽 여러 개가 그의 몸에 박혔다. 뜨거운 피가 흘러내리기 시작했다.

'이놈은…… 그놈한테도 밀리지 않는다……'

매번 독룡 암바카에게 끔찍한 죽음을 선사하는 존재가 있었다. 그는 귀신 같았으며 자신의 독이 통하지 않는 놈이었다. 바로 '코니르'였다.

민혁은 몰랐지만 코니르는 키메라 중에서도 특별해 그의 '만독불침'처럼 독을 완전히 무시하는 내성을 갖춘 존재였다.

또한, 조금 전 암바카의 몸을 찢고 지나간 힘은 민혁의 '무형검'이었다.

'여의주를 빼앗길 순 없다……!'

여의주.

오로지 영원한 삶을 살 수 있는 것은 독룡 암바카뿐이었다. 다른 용들의 경우 죽을 시에 알만을 남기고 기억이 완전히 사라지며 다시 어린 용이 되어버린다.

그들은 기억하지 못할 테지만 태초에 전설의 4대 용이 모여 있을 때, 그들의 몸에서 흘러나오는 기운을 받아 자라난 것이 바로 '여의주'였으며 다신 얻지 못할 아티팩트였다.

여의주는 넷의 용의 모든 힘이 깃들어 있는 특별한 아티팩트였다.

그리고 이 여의주의 수호를 독룡 암바카가 맡은 이유는 간단했다. 태어난 순간 완전체를 이루는 암바카가 가장 적임자였기 때문이었다.

그리고 이 여의주는 지킴이들이 가질 수 없다, 오로지 이방인들만 가질 수 있는 물건.

이 앞의 존재는 이방인으로 보였다. 암바카는 그러한 이유를 몰랐지만, 아테네 게임의 시스템 설정이다.

맹렬한 기세로 날아간 암바카는 피부를 찢는 고통에도 불구하고 온 힘을 다해 꼬리를 휘둘렀다.

또다시 그의 입에서 여의주가 나타났다 사라졌다.

그 순간, 그의 꼬리 끝에 빛이 번쩍였다.

여의주는 넷의 용의 힘이 일부씩 응축되어 있다. 그중에서 세 번째 용인 암바카가 사용 가능한 힘은 고작해야 네 번째 용의 것뿐.

이것이 네 번째 용 '파괴의 크라카나'의 힘. 순간적으로 꼬리치기의 공격력을 세 배 상승시킨다.

콰아아아아아아아앙!

꼬리치기에 직격당한 사내가 뒤로 퉁겨져 날아갔다. 그 틈을 놓치지 않고 암바카가 단숨에 사내의 몸을 그 거대한 입으로 물어뜯었다.

콰자악- 콰자악-

'형제들이여, 이 여의주는 내가 지키겠노라.'

암바카는 홀로 여의주를 지키면서 형제들을 그리워하며 외로워하고 있다.

"크흐읍!"

그리고 물어뜯기는 순간에, 사내가 든 검에 붉은 기운이 넘실거리기 시작했다.

[HP가 80% 미만으로 하락합니다.]

[치명타.]

[HP가 50% 미만으로 하락합니다.]

"크흐읍!"

민혁은 쉴 새 없이 온몸을 물어뜯기고 있었다.

암바카는 거대한 용이라고는 믿기지 않을 정도로 빨랐으며 심지어 그 강력한 힘에 벗어나기가 쉽지 않았다.

놈은 계속 민혁의 목을 노렸다. 그때마다 왼팔만으로 놈의 턱을 가격하거나 혹은 막아내며 버티지만, 한계에 이르고 있었다.

그리고 분노하는 검의 시전 시간이 끝났다.

붉은 기운이 넘실거리는 그 힘. 그 힘을 이용해 이번엔 머리채 뜯어버리겠다는 듯 흉흉한 기세로 입을 벌리는 놈의 입안으로 힘껏 박아넣었다.

푸직!

**[급소 찌르기에 성공하셨습니다.]**
**[100% 추가 대미지!]**

입안에 검을 찔러 넣는다. 이보다 더한 급소는 없을 것이다.

"키에에에에에에엑!"

괴로워하는 놈이 몸부림치기 시작했다.

그리고 분노하는 검의 효과는 아직 끝난 게 아니다. 반경 2m를 갈가리 찢어발기는 바람의 힘이 놈의 입안에서 발생했다.

쐐에에에에에엑-

입안에 몰아치는 폭풍에 놈의 입안이 끔찍하게 찢겨 나갔다.

"캬아아아아아아악!"

독룡 암바카는 고통에 포효했다. 바닥에 쓰러져 몸부림쳤다. 하지만 그럼에도 불구하고 다시 날아오르기 위해 노력하고 있었다. 필사적이었다.

민혁은 마지막 힘을 짜내기 위해 노력하는 녀석의 눈에서 흐르는 용의 눈물을 볼 수 있었다.

**[용의 눈물을 보셨습니다.]**

**[용의 눈물을 본 효과로 1주일 동안 독 내성 50%가 상승합니다.]**

만독불침의 민혁에겐 의미 없는 일이었다.

그렇지만 필사적인 녀석.

"지켜야…… 한다…… 형제들의…… 여의주를……."

한때, 넷의 용들이 어울리며 행복한 때를 보냈다.

하지만 두 번 다시 그 순간이 오지 않을 것이다, 다른 용들이 깨어났는지조차 그는 알지 못했다.

그리고 민혁은 다르게 해석했다.

'이 녀석도 원치 않았던 건가?'

코니르에게 듣기로 독룡 암바카는 죽고 살아나고를 반복한다고 하였다. 그리고 그때마다 항상 다른 패턴으로 자신을 공격해 왔다고.

그 의미는 간단하게 해석된다. 기억이 계속 전이되는 것일 터다.

사실 그러한 일을 원해서 하는 존재가 어디 있겠는가?

또한, 아버지 흑염룡을 통해 용들을 봐오던 민혁은 녀석들이 생각보다 온순하며 충성심 강하다는 걸 알게 되었다.

하지만 결국에 놈이 추욱 늘어졌다. 입안의 치명타를 감내하지 못한 것이다.

**[경험치 8,317,842를 획득합니다.]**

**[레벨업 하셨습니다.]**

[레벨업 하셨습니다.]

[독룡 암바카를 사냥하셨습니다.]

[여의주를 획득합니다.]

[전설의 4대 용 중 하나인 암바카의 알을 획득합니다.]

[독룡 암바카의 저주의 단검을 획득합니다.]


'알? 여의주?'

민혁은 고개를 갸웃할 수밖에 없었다.

특히나 알 때문이었다.

이제까지 독룡 암바카가 다시 알로 태어날 수 있었던 이유 중 하나는 순수하고 고귀한 신성력을 가진 남자를 포식해 왔기 때문이다.

민혁은 그렇게 들어 알고 있었다. 그런데, 여전히 알이 존재한다?

그는 몰랐지만 독룡 암바카의 알은 신성력 사제를 가진 이를 집어삼키지 않아도 획득할 수 있다. 단지, 과거처럼 이제 키메라를 생산하는 힘이 사라졌을 뿐이다.

그러다 한 사람이 생각났다.

'우리 아버지한테 드리면 좋아하시겠는데?'

놈은 알 속에서 계속 기억이 반복된다. 그러한 놈이 자신을 죽인 민혁을 섬긴다? 아니, 그것보단 아버지한테 어울릴 것이다. 심지어 아버지 흑염룡은 요새 세간에 '전설의 용 테이밍 마스터'라고 알려져 있다.

그러한 아버지가 부리는 것이 훨씬 더 나아 보였다.

그리고 여의주를 확인했다.


**(여의주)**

등급: 에픽(진화형)

제한: 용을 부리는 자

내구도: ∞/∞

특수 능력:

- 용을 거느리고 있을 시, 용을 한 단계 진화시킨다.

- 통솔력 1.5배 상승.

- 전설의 4대 용의 일부의 힘을, 여의주를 통해 빌릴 수 있다.

진화 시 특수 능력:

- 봉인

- 봉인

- 봉인

설명: 4대 전설의 용들이 모여져 만들어진 신성한 여의주이다. 소유자가 거느리는 용의 숫자가 늘어날 시 계속 진화한다.


용을 진화시킨다는 것에 한 번 놀랐고 진화형 아티팩트라는 것에 또 한 번 놀랐다.

진화형 아티팩트는 말 그대로 해당 조건을 충족시킬수록 성장하는 아티팩트를 의미했다.

'와, 아버지가 진짜 좋아하시겠네?'

특히나 이미 용 두 마리를 보유하신 아버지였기에 이 여의
주를 받으시는 순간, 곧바로 여의주는 더 강력한 힘을 발하게
될 터였다.

마지막으로 독룡 암바카의 저주의 단검을 확인해 봤다.

확인한 민혁은 눈을 휘둥그레 떴다.

**(독룡 암바카의 저주의 단검)**

등급: 전설

제한: 독룡 암바카를 사냥한 자

사용 횟수: 10/10

공격력: 1,619

특수 능력:

- 공격 성공 시 50% 확률로 2배 추가 대미지
- 엑티브 스킬 독룡 암바카의 저주

설명: 오랜 시간 동안 죄악의 던전 안에서 사육되어 온 독룡 암
바카의 분노가 고스란히 담겨 있는 보랏빛 단검이다.

**(암바카의 저주)**

아티팩트 스킬

레벨: 없음

소요 마력: 500 / 쿨타임: 없음

효과:

- 단검에 직격한 후에 사망할 시 암바카의 저주를 받아 영혼이

구천에 30일간 떠돌게 된다.

　•구천에 떠도는 영혼은 30일 동안 7대 죄악 식탐에 버금가는 배고픔에 시달리게 된다.

　•NPC에게만 사용 가능.

　"……!"

　민혁의 입가가 쭉 찢어졌다. 최고의 시나리오가 완성되어 가고 있었다.

　시간이 지난 후, 식사를 하고 돌아온 바르첼과 기사단원 세 사람은 여유롭게 죄악의 던전 안으로 들어가기 시작했다.

　"바르첼 부탑장님."

　"푸흐흐, 그런 소리 하지 말게. 아직은 아니니까."

　"이제 곧 되시지 않습니까?"

　"그렇긴 하지, 뭐, 그럼 다시 한번 불러주겠나?"

　"바르첼 부. 탑. 장. 님."

　바르첼의 입가가 즐거움에 찢어졌다.

　부탑장이 됨으로써 누리게 될 혜택들. 맛의 정수를 복용 후에, 등급 상승하게 될 클래스까지, 모든 일이 수월하게 풀리고 있었다.

　그렇게 뚜벅뚜벅 안으로 걸어 들어가다가 그가 막아놨던

바위를 다시 밀었다.

그가 안으로 뚜벅뚜벅 걸어 들어가기 시작했다. 이윽고 제단 위에 놓인 알과 정수의 잔이 보였다.

그가 휘파람을 불었다.

"휘이이이익- 불쌍한 아이들은 결국 먹혀 버렸어~ 키메라들은 어딜 갔으려나?"

낄낄 웃으며 그는 먼저 정수의 잔에 가득 찬 물을 마셔야겠다고 생각했다.

어쩌면 이는 소문으로 들었던 또 다른 '각성'의 단계일지도 모른다.

현재 아주 은연중에 소문이 돌고 있었다.

지금 유저들은 한계에 다다른 이들이 많이 존재한다. 하지만 매일 무한하다고 볼 수 있는 콘텐츠를 만들어내는 아테네에서 새로운 클래스를 준비했다고? 이는 기존의 클래스에서 더 강해지는 클래스일 거다.

그리고 어쩌면 그게 자신이 될지도 모른다.

막 정수의 잔에 손을 뻗으려던 때였다. 그는 자신의 목에 드리워진 검을 볼 수 있었다.

"워워, 불청객이 있었나?"

바르첼의 미간이 구겨졌다.

허공에서 나타난 검 한 자루, 그리고 기사들이 당혹한 표정이 되었다.

바로 민혁이 가진 투명화였다.

"유저…… 였나?"

바르첼은 놀란 표정이었지만 차분했다.

그 이유는 간단했다. 자신들은 숫자가 더 많았다.

심지어 자신의 뒤에선 기사들은 결코 자신에게 밀리지 않는다. 레벨이 낮다고 하여도 그들은 그를 상회하는 실력을 겸비하고 있다.

반대로 정체 모를 이 자는 방금 독룡 암바카와 싸웠다. 암바카와 싸우고 많은 스태미나가 하락했을 것이고 스킬의 쿨타임도 차야 할 것이다.

또한, 유저 중 카르 다음으로, 아니, 어쩌면 동급의 경지에 올라 있는 바르첼은 이깟 검쯤 가볍게 피할 수 있는 자신감이 있었다.

"아이들이 배고픔에 시달려 울더라, 네 욕심 때문에 이러는 거 안 창피하냐?"

"워워, 우리 솔직해지자고?"

그에 바르첼이 어깨를 으쓱였다.

"당신도 뭔가를 얻기 위해 온 거 아니야? 그깟 NPC들 따위 인공 지능에 불과한데, 뭐 어때?"

그는 말로 타이르는 척하며 빠르게 검을 뽑아 그의 검을 쳐내고 거리를 벌리려는 생각이었다.

"애초에 인공 지능 따위들이 죽든 말든 그게 우리 유저들하고 무슨 상관이야? 응?"

사내가 잠시 말이 없었다.

그리고 곧 물어왔다.

"배고파 봤냐?"

"뭐?"

"제발 뭐라도 먹게 해주세요. 간절히 빌어본 적 있어?"

바르첼의 미간이 좁혀졌다.

무슨 개소리를 하는 건가? 요즘의 대한민국에서 그렇게 배고파하는 사람이 있긴 할까? 부유층에서 자라난 바르첼이 알 턱이 없었다.

"……배고픔쯤, 뭐 그딴 게 대수라고 그래."

바르첼이 말했다.

그리고 목에 검을 드리운 사내, 민혁은 이놈이 전혀 긴장하지 않고 죄책감을 느끼지 않는다는 것을 느끼고 말했다.

"그럼 지금부터 네 표정이 일그러질 말을 해줄게."

"흐음."

바르첼은 그립을 쥐었다.

자신의 얼굴이 일그러진다? 자신들 쪽이 이길 확률이 매우 높은 상황이었다. 그가 카르 정도의 이가 아니라면 말이다.

때문에 그는 자신의 얼굴이 일그러질 리는 없다고 생각했다. 아니, 대충 맞장구나 쳐줘 볼까 하고 생각했다.

"내가 프라이팬 살인마다."

"……!"

순간 여유롭던 표정의 바르첼의 얼굴이 빠르게 굳어졌다. 온몸의 털이 곤두섰다. 긴장감에 마른침이 꿀꺽 넘어갔다.

그리고 민혁이 차갑게 말했다.

"어른이나 돼서는…… 쪽팔린 줄 알아."

바르첼은 이해할 수가 없었다. 어째서 프라이팬 살인마가 이곳에 있는 건가?

또한, 바르첼은 주변으로 놈의 아군들이 있을지도 모른다고 생각했다. 혼자서 독룡 암바카를 사냥했다고는 믿기지 않았다. 근처에 숨어 때를 노리는 거라고.

정말 프라이팬 살인마라면 모든 것이 이해된다.

그러다가 생각했다.

놈은 블랙스톤의 적이었다. 켄라우헬은 프라이팬 살인마의 죽음을 원했다. 또한, 녀석이 혼자라면 자신들이 이길 확률이 매우 높았다.

그는 아테네:한국전에서 금메달리스트 카르를 상대로 승리한 실력자였다.

한데, 이곳 탑의 기사들은 나면서부터 검을 쥐어오고 나면서부터 휘둘러 온 자들이었다. 그러한 이들 중 재능이 있는 자들이다. 전부 실력이 카르 못지않으며 거기에 더해져 콜로디스 제국 최고의 검술이라고 알려진 파라밀 검술의 높은 단계에 오른 이들이었다.

파라밀 검술.

처음 기사의 탑이 세워졌을 때의 전설이 존재했다. 기사의 탑을 세운 막강한 인물 알라칸이 만들어낸 대륙 최고의 검술.

알라칸은 말했다.

'이 검술은 한 어린 소년으로부터 비롯되었다. 아이는 말했다. 이 검은 누군가를 죽이기 위함이 아니라, 지키기 위해 휘두르는 검이 되었으면 좋겠다고.'

그리고 또 다른 말도 하였다.

'또한, 나는 그 어린 소년에게 패배했다.'

놀라운 일이었다. 기사의 탑을 세운 알라칸은 그 시대 최고의 검사였다. 아니, 검신 다음으로 제일가는 자였다. 그런 그가 고작 어린아이에게 패배했고 그 아이의 검술을 모방하여 파라밀 검술을 만들었다.

그리고 파라밀 검술은 대륙 최고의 검술로 알려졌으며 오로지 기사의 탑의 이들만 배울 수 있을 정도로 어려웠다.

하지만 배워낸다면 엄청난 힘을 발했다. 그러한 검술을 익힌 자들이 바로 여기 있는 기사들이었다.

물론 기사의 탑에서 하위권에 속하는 자들이었지만 유저와 NPC 간의 벽은 분명히 존재했다.

'이길 수 있어…… 켄라우헬 님에게 놈을 죽였다고 말할 수 있어!'

그리고 그러한 기사의 탑의 부탑장이 될 것이다, 또한 언젠간 탑장의 자리까지 앉을 것이다.

"× 같은 소리, 지껄이지 마라!"

그 순간, 바르첼이 빠르게 검을 쥐고 힘껏 처내려 했다.

그전에 이미 민혁의 검은 그의 옆구리를 베었다.

서걱-

**[무형검]**

**[방어력을 무시하는 검.]**

"크읍!"

바르첼이 비명을 토해냈다.

엄청나게 빠른 반사 신경이었다. 그 찰나에 자신을 벨 줄은 꿈에도 몰랐다.

'공격 한 번에 HP가 20%가 깎이다니, 미친……!'

소름이 절로 돋을 정도였다. 하지만 그때를 놓치지 않고 셋의 기사들이 빠르게 움직였다.

타타타탓-

'빨라?'

민혁은 깜짝 놀랐다. 귀신처럼 거리를 좁힌 그들의 검이 물 흐르듯 움직였다.

'검의 궤도가 보이지 않는다?'

보이지 않는다.

유단자들의 경우 검이 휘둘러지는 것이 아닌, 근육의 움직임, 팔의 형태 등을 통해 공격을 예측하곤 한다. 하지만 전혀 읽히지 않았다. 심지어 그들은 바르첼을 연속 공격하지 못하게 효율적인 움직임으로 보폭을 좁히고 있었다.

태애애애앵!

그리고 시선을 맞춘 세 사람이 동시에 검술을 발현했다.


[파라밀 검술 1장]

[울부짖는 아이]

[예측할 수 없는 빠른 검술]


파파파파파파파파팟-

순간적으로 세 기사에게서 발현된 검이 빠르게 움직였다.

'……엄청난데?'

민혁은 미간을 찌푸렸다.

세 기사의 검의 빠르기가 난무하는 검보다 더 빨랐다. 심지어 번쩍거리는 검들은, 그 날카로움이 예사롭지 않았다.

민혁이 '바람 같은'을 사용 빠르게 뒤로 물러났다.

그 순간, 일제히 세 기사가 검을 힘껏 찔렀다.


[파라밀 검술 2장]

[포효하는 아이]

[강력한 찌르기가 검 끝에 응축되어 보이는 것보다 더 기다란 사정거리를 발휘합니다.]

푹!

분명히 민혁은 검 끝을 퉁기려고 했다, 하지만 사정거리보다 훨씬 짧음에도 불구하고 그의 복부가 뚫렸다.

그리고 또 한 번의 공격이 그의 가슴팍을 찌르고 들어왔다.

'위험하다……'

그렇게 느낀 순간, 역시나 가슴에 닿지 않았음에도 소리가 났다.

탱!

**[물리 대미지 반사! 두 배의 대미지를 돌려줍니다.]**

"크아아아악!"

그 순간 불멸의 갑옷의 효과가 발동되며 한 기사가 가슴을 부여잡고 비틀거렸다. 그 틈에 프라이팬을 꺼낸 민혁이 또 한 번의 공격을 프라이팬을 거대화시켜 쳐냈다.

태애애앵-

예측되지 않는 검술이었다.

그리고 어느덧 바르첼이 포션을 복용했다.

'흩날리는 검이나 식칼의 비를 사용하긴 힘들다.'

시전 시간이 있기 때문이었다. 이들을 만나기 전에 시전 시간을 60%로 단축시켜 주는 양피지까지 찢었음에도 그들의 빠른 공격에 스킬 사용이 난처했다.

바로 그때였다.

[들…… 어…….]

민혁은 영체화 된 코니르의 목소리를 들었다.
코니르가 다시 한번 말했다.

[소리를…… 들어봐…….]

'소리?'
민혁은 의아한 표정을 지었다. 그 순간 기사 라드벨이 빠르게 거리를 좁혔다.
라드벨이 제3장, 폭주의 아이를 발현했다. 폭주의 아이는 검에서 무차별적인 검기를 폭사시키는 힘이었다.
라드벨의 검에서 검은 검기 가닥 여러 개가 쏟아졌다.
'이 검술 왜 익숙하지……?'
분명히 익숙했다. 민혁은 이 검술을 한 번 본 적이 있었다.
그 순간, 코니르가 말했다.

[소리를…… 듣고…… 검기의 끝을…….]

여러 가닥으로 뻗어오는 검기는 두렵지 않다. 단지, 조금 전의 공격처럼 닿기 전에 타격치가 들어올 수 있다는 게 문제였다.
민혁은 코니르의 말대로 소리에 집중했다.

그러자 들려왔다.

쉬이이이이이익-

발현된 검기보다 앞서 쫓아오는 소리가 있었다.

그 소리의 끝을 민혁이 내려쳤다.

콰직!

그 순간, 발현되던 여러 가닥의 검은 검기가 허공에 흩어져 사라졌다.

"헉……!"

바르첼이 경악한 음성을 토해냈다. 이는 라드벨 또한 마찬가지였다.

그리고 그때, 코니르가 민혁에게 말했다.


[네…… 몸을…… 빌려줘…….]


'……?'

민혁은 미간을 좁혔다.

그러다 코니르의 심정이 이해가 갔다. 저들은 분명히 그 아이들의 배고픔의 갈망에 의한 힘을 빌어 부를 축적하려는 이들이다.

또한, 그에게 믿음도 갔다.

그는 레전드 길드원들이 함께 협공했을 때에도 사냥하지 못했다. 그가 먹을 것에 눈을 돌렸기에 가능했던 일이다.

**[코니르가 '빙의(憑依)'를 시도합니다. 수락하시겠습니까?]**

'예.'

그 순간, 민혁의 몸속으로 코니르가 빨려 들어왔다. 그리고 그의 눈동자가 검게 물들기 시작했다.

페루 백작. 그는 상당히 심각한 표정이었다.

'코니르가 어째서 돌아오지 않는 거지?'

코니르. 그는 일반적인 아이들로 만든 키메라들과 다른 존재였다. 죄악의 던전을 발견하고 정수의 잔을 얻었을 때, 그 옆에 덩그러니 놓여 있었다.

정확히는 미라였다. 하지만 놈은 사람과 똑같았고, 배고픔의 소망 또한 있었다.

그리고 라필드가 남긴 글귀 또한 있었다.

'검성이 악마로 잠들다.'

검성이라고 불린 사내에 대해서 페루 백작은 샅샅이 조사했다. 그리고 알 수 있었다.

기사의 탑의 파라밀 검술을 창시한 초대 탑장 알라칸이 말했던 소년. 그 소년이 바로 코니르였다.

그러한 코니르가 돌아오지 않고 있었다.

한편으론 만약 놈이 죽었다고 생각하자 '정수의 잔과 맛의 정수'가 떠올랐다. 정수의 잔에 차오르는 맛의 정수.

'라필드는 참으로 장난스러운 자였지.'

두 가지 선택이 있다.

첫 번째 선택, 마시거나. 두 번째 선택, 돌려주거나.

하지만 페루 백작이 생각했을 때 욕심 많은 인간이 후자를 택한다는 건 말 자체가 안 된다.

'뭐, 뭣이……!'

바르첼은 경악하고 있었다.

파라밀 검술의 제6장은 '노련한 아이'였다. 노련한 아이는 발현하는 순간, 상대방의 빈틈을 붉은 점으로 표시해서 보여준다.

일반적인 유저들의 경우 붉은 점이 약 일곱 개 보인다. 그리고 민혁의 경우 조금 전까지 약 2~3개 정도가 보였고, 다른 기사단원들도 4개 정도가 보인다.

그런데 바로 지금, 눈동자가 검게 물든 민혁은 단지 검을 늘어뜨리고 있을 뿐임에도 불구하고 빈틈이 단 하나도 표시되지 않았다.

그리고 그 순간, 민혁이 접근했다. 그는 그 어떤 스킬도 발현하지 않았다. 그저 쇄도해 왔다.

라드벨이 서둘러 그 앞을 막아섰다. 그리고 5장. 춤추는 아이를 시전했다. 춤추는 아이는, 춤추듯 움직이며 단숨에 적의 공격을 회피하는 스킬이었다.

라드벨이 춤추는 듯하며 회피율을 올린 바로 그 순간.

서걱-

"크아아아아악!"

"……!"

"……!"

"……!"

그저 휘둘렀을 뿐임에도 불구하고 라드벨의 가슴에서 피가 분수처럼 솟구쳤다.

그때 옆에 있던 아란칼이 1장의 검술을 전개하며 날아올랐다. 1장의 울부짖는 아이. 말도 안 될 정도로 빠른 쾌검!

민혁이 빠르게 쇄도해 왔다. 그리고 빠르게 휘둘러지는 검술을 물 흐르듯 퉁겨냈다.

태에에엥-

반동을 이용, 회전하여 정확히 목을 꿰뚫었다.

푹!


[기사의 탑의 기사 라드벨을 사냥하셨습니다.]

[카오 수치가 쌓인 NPC로 카오 상태가 되지 않습니다.]

[경험치 3,154,673을 획득합니다.]

카오 수치가 쌓인 NPC들은 죽여도 카오가 되지 않는다. 이러한 NPC들은 대부분 무고한 생명을 앗아가거나 혹은 악행을 일삼는 자들이다.

그리고 민혁이 또 한 번 땅을 박차고 달려왔다.

"미, 미친……!"

바르첼은 믿기지 않았다.

아란칼이 빠르게 3장의 폭주의 아이를 발현, 수십여 가닥의 검은 검기를 뿜어냈다. 그리고 기사 로반드가 파라밀 검술 6장의 가장 강력한 스킬, 파도치는 아이를 시전했다.

모든 것을 찢어발길 듯한 검기 여러 개가 민혁을 향해 쏘아졌다.

그 순간, 폭주의 아이를 발현한 아이의 검을 민혁이 가뿐히 위에서 아래로 내려쳤다.

탱!

그 순간, 아까와 같이 폭주의 아이가 상쇄되어 사라졌다.

"이런……!"

기사의 목을 이번에도 꿰뚫으려는 민혁을 향해 바르첼이 내달렸다.


[파라밀 검술 8장]
[폭풍의 아이]
[강력한 검날 폭풍이 적을 향해 돌진합니다.]

그가 검을 휘두른 순간, 검날 폭풍이 생성되어 날아갔다.

무심하게 바라보는 민혁이 검을 힘껏 내려쳤다.

두 개의 검기가 빠르게 날아왔다. 갈라내는 검이었다.

그리고 검날 폭풍과 만난 순간.

쐐에에에에에엑-

검날 폭풍이 마치 쇠젓가락이 낀 톱니바퀴처럼 회전을 멈추며 흩어져 사라졌다.

"……."

압도적인 힘의 차이에 바르첼의 몸이 부들부들 떨려왔다.

'이, 이런 말도 안 되는!'

파라밀 검술의 모든 것을 꿰고 있었다. 힘이 어떻게 작용하는지, 어떤 패턴인지, 또한 어떻게 막아야 하는지 모두 알고 있었다.

"도, 도대체……."

그가 혼란스러워할 때.

푹!

또 한 기사가 쓰러졌고.

푸화앗!

또 한 기사가 베어졌다.


[기사의 탑의 기사 아란칼을 사냥하셨습니다.]

[카오 수치가 쌓인 NPC로 카오 상태가 되지 않습니다.]

[경험치 3,511,473을 획득합니다.]

민혁에게 연이어 알림이 울린다.

[기사의 탑의 기사 로반드를 사냥하셨습니다.]
[카오 수치가 쌓인 NPC로 카오 상태가 되지 않습니다.]
[경험치 3,154,673을 획득합니다.]

바르첼은 압도적인 힘의 차이에 경악할 수밖에 없었다. 그리고 자신에게 걸어오는 민혁이 마치 악귀처럼 보였다.

'이, 이 정도라면 켄라우헬 님도 감당할 수 없어⋯⋯!'

물론 그가 지금 민혁이 아니라는 사실을 그는 알지 못했기 때문이었다.

"이런 말도 안 되는⋯⋯!"

푹!

가슴에 검이 꽂혔다.

[HP가 60% 미만으로 하락합니다.]

"컵!"

연이어서 계속 급소를 집중적으로 찌르기 시작했다.

푹푹푹푹-

그리고 곧 바르첼은 검은 화면을 보았다. 그가 죽은 자리로 조금 전, 그가 들고 있던 검이 드랍되었다.

**[빙의(憑依)가 해제됩니다.]**

그 순간 코니르의 영혼이 민혁의 몸속에서 흩어져 비집고 나왔다.

"……."

민혁조차도 말문을 잃었다. 코니르의 강함 때문이었다.

아니, 정확히 말하면 그도 바르첼과 같았다. 어떻게 그들의 검술을 모두 꿰뚫고 있는 것인지 이해가 되지 않았다.

민혁은 걸음을 옮겼다.

제단의 위로는 정수의 잔이 있었다. 일부러 바르첼의 시선을 끌기 위해 따로 회수하지 않고 있었다.

그 순간 알림이 울렸다.

**[정수의 잔을 획득합니다.]**
**[맛의 정수는 두 가지 방법으로 사용할 수 있습니다.]**
**[맛의 정수는 복용 즉시, 자신의 클래스를 한 단계 강화시킵니다.]**
**[맛의 정수는 '소망'을 빼앗긴 자들이 먹을 시, 그 소망에 의한 고통에서 벗어날 수 있습니다.]**

"……?"

민혁은 고개를 갸웃했다.

맛의 정수의 선택지는 두 가지였다.

한 방울도 남기지 않고 잔에 차오른 것을 마셔야만 클래스의 강화를 얻을 수 있다. 때문에 소망을 빼앗긴 이들, 즉 아이들이 마시게 하면 그 효과 자체가 발하지 않는다.

잠시 정수의 잔을 바라보던 민혁. 그는 살았다는 것에 안도하는 헤이즈와 아이들을 보았다.

그리고 코니르는 묵묵히 민혁을 보고 있었다.

곧 민혁이 피식 웃었다.

코니르. 그는 저 정수의 잔이 가진 힘을 알았다. 페루 백작에게 수십 번도 더 들어왔으니까.

그는 민혁에게 너무도 고마웠다. 그가 아이들을 구해줬고, 더 이상 키메라를 만들 수 없게 했으니까.

그가 정수의 잔에 든 것을 모두 마셔도 괜찮았다. 그것은 그가 한 일에 대한 보상이었으니까.

그러다 곧 민혁이 프라이팬을 꺼내어 들어 볶음밥을 만들기 시작했다.

코니르는 묵묵히 그 모습을 바라봤다.

그러다 이어 그는 볶음밥을 완성시키고 그 위로 맛의 정수를 한 두 방울 뿌렸다.

그리고 아이들 앞에 놔주었다.

"우와, 엄청 맛있잖아?"

"너무너무 맛있어!"

그리고 민혁의 앞으로도 동일한 요리가 생겨났다.

"엄청 맛있지?"

"네, 너무너무 맛있어요."

참으로 아이러니했다. 독룡 암바카와 시체가 나뒹구는 곳에서도 그들은 참 잘도 먹었다.

그 모습을 보며 코니르는 작게 웃음 지었다.

붉음밥을 먹던 민혁에게 알림이 울렸다.

[정수의 잔을 두 번째 방법으로 사용합니다.]
[히든피스. '선한 선택을 할 수 있는 자'를 완료했습니다.]
[보상으로 클래스를 한층 더 강화시킬 수 있습니다.]
[식신(食神)은 더 이상 진화할 수 없는 클래스입니다.]

놀랍게도 두 번째 선택을 하자 히든피스가 발동되었고 첫 번째 선택 시 얻을 수 있는 보상을 얻었다. 하지만 이는 민혁에겐 무용지물의 보상이었다.

그리고 투박한 은빛 잔으로 만들어진 정수의 잔이 쩌저적 금이 가기 시작했다.

금이 간 은빛 잔에서 흘러나온 빛이 코니르의 몸을 감싸기 시작했다.

**[두 번째를 선택할 경우 정수의 잔이 파괴됩니다.]**
**[정수의 잔이 파괴되기 전 마지막 힘을 발현합니다.]**

그 빛 속에서 곧이어 붕대를 감거나 혹은 영체화된 이가 아닌, 말끔해 보이는 소년이 모습을 드러냈다.

"나는 코니르."

그는 여전히 말이 어눌했다.

그리고 민혁은 불길함을 직감했다.

"당신을 섬기겠습니다."

**[검성 코니르가 영원한 충성을 맹세합니다.]**

민혁의 얼굴이 일그러졌다.

'아니, 보상을 줘야지!'

그런데 어째서 늘어나는 입을 준다는 말인가? 민혁은 지금 이 순간 크게 실망했다.

그리고 코니르는 큼지막한 사슴 같은 눈망울에 새하얀 피부를 가진 소년이었다. 척 보기에는 무척이나 순박하게 생긴 열다섯 정도의 소년이다.

그런데, 검성이라?

민혁이 곧바로 확인해 봤다.

(코니르)

등급: 검성

종류: 가신

레벨: 601

공격력: 5,916

방어력: 3,173

특수 능력:

- 엑티브 스킬 파라밀 검술

- 엑티브 스킬 검성 무적

- 패시브 스킬 집념

- 패시브 스킬 신이 내린 축복과 저주

잠재력: 159

경험치: 87%/100%

'……와.'

입이 늘어난다며 탄식하던 민혁조차도 깜짝 놀랄 상태창이었다.

귀신창 밴보다도 압도적으로 공격력과 방어력, 심지어 잠재력조차도 월등히 높은 편이었다. 더군다나, 잠재력이 높은 코니르는 앞으로도 더 성장할 수 있다는 것일지도 몰랐다.

민혁은 파라밀 검술을 확인해 봤다.

확인하던 중, 그는 무언가 이상함을 깨달았다. 조금 전, 바르첼과 기사들이 사용했던 그것들과 흡사했기 때문이었다.

다른 점이라고 한다면 코니르의 것이 훨씬 더 파괴적이고 강했다.

그리고 그 끝에 붙어 있는 설명.

'어린 순수함이 만들어낸 지키고자 하는 검술.'

민혁은 알 수 있었다. 이 파라밀 검술을 만들어낸 자가 바로 코니르였다.

그랬기에 더 놀라웠다. 아직 열다섯 정도밖에 되지 않은 코니르가 어떻게 검술을 만든단 말인가.

민혁은 곧바로 다른 스킬 또한 확인했다.


**〈검성 무적〉**

엑티브 스킬

등급: 전설

레벨: 8Lv 숙련도: 76%

소요 마력: 1,000 / 쿨타임: 6시간

효과:

 •적의 공격을 받을 시 80~90%의 대미지를 그대로 돌려주며 15분 동안 지속된다.

 •적의 공격을 받을 시 5% 확률로 10~13%의 회복이 이루어진다.

설명: 오로지 검성에 오른 자만이 얻을 수 있는 스킬이다.

**(집념)**

패시브 스킬

등급: 전설

레벨: 없음

소요 마력: 없음 / 쿨타임: 없음

효과:

- 한 가지 일에 엄청난 집중력을 보인다.

- 오로지 그것의 최고가 되기 위해 누구보다 부단히 노력한다.

- 그것의 최고의 경지에 오르기 위해 다양한 퀘스트, 스킬 등을 비롯한 능력이 생겨난다.

- 그것의 최고의 경지에 도달할 시에 특별한 힘을 개방할 수 있을지도 모른다.


**(신이 내린 축복과 저주)**

패시브 스킬

등급: 전설

레벨: 없음

효과:

- 몸으로 하는 어떠한 것이든 누구보다 훨씬 더 빠른 습득률을 보인다.

- 머리로 하는 것은 누구보다 훨씬 더 느린 습득률을 가진다.

- 코니르. 신은 공평했다. 그에게 육체로 하는 어떠한 일이든 천재가 되는 재능을 주었지만 '지혜'라는 것은 주지 않았다.

검성 무적은 사기적인 스킬이었다. 그것도 코니르에게는 더더욱 말이다.

그 이유는 간단했다.

일반 유저나 몬스터가 공격을 가했을 시의 대미지, 이는 코니르에게 큰 피해를 입히기에 힘들 것이다. 한데, 그 유저는 그 공격력만큼을 되돌려 받는다는 거다.

또한, 5% 확률로 10~13%의 회복률이 붙어 있었다. 코니르에게 미미한 대미지가 들어올 때, 적들은 그를 공격했다가 5% 확률로 자연 치유가 발동되면 코니르는 그나마 입었던 피해량도 회복된다.

'이거 완전……'

몹 수백 마리 가운데에 코니르만 던져놓고 가만히 세워두어도 저절로 어그로가 끌리고 코니르는 피해를 받지 않을 수도 있다.

물론 민혁이 그런 짓을 할 사람은 아니었다.

그리고 집념은 몸으로 하는 어떠한 것이든 최고로 만들어 준다. 심지어 그와 관련한 스킬도 만들어준다고 하니 특이한 스킬이었다.

그리고 신이 내린 축복과 저주. 신이 공평하다는 것을 알려 준다. 민혁은 스킬의 의미가 어떤 건지 바로 확인할 수 있었다.

"코니르. 나는 네가 네 인생을 살았으면 좋겠어. 네 인생을 찾아 떠나렴."

민혁이 부드럽게 웃으며 말하자 코니르가 고개를 갸웃했다.

"나는 코니르. 당신을 섬기겠습니다!"

"……아, 아니, 코니르. 난 네가 너의 인생을 살았으면 한다니까?"

"난 코니르…… 민혁을 섬긴다!"

"코니르, 너 정말 이럴 거야?"

"난 코니르. 민혁 좋다!"

"……."

그럼에도 민혁이 반응이 없자 코니르가 허공에 주먹을 획획 휘둘렀다.

"난 코니르! 민혁 지킨다!"

민혁은 그제야 신이 내린 축복과 저주의 패시브 스킬에 대해서 알 수 있었다.

코니르는 일반 열다섯 아이들에 비해 지능이 낮은 편에 속하는 게 분명했다.

그리고 코니르는 민혁을 올려다보며 다시 한번 말했다.

"나는 코니르. 민혁을 만나 행복하다."

코니르의 큼지막한 눈동자가 반짝반짝 빛났다. 그를 바라보던 민혁도 피식 웃었다.

그리고 민혁은 코니르와 몇 마디 말을 나눔으로써 알 수 있었다. 이제 코니르는 헤이즈와 만나게 된 일과 그때까지의 자신이 했던 모든 일을 기억하게 되었다. 하지만 과거, 파라밀 검술을 만들었던 때의 기억은 없었다.

어쩔 수 없이 함께하게 된 거, 곰곰이 생각하던 민혁이 말했다.

"코니르."

코니르가 큼지막한 눈을 반짝이며 귀 기울였다.

"라면 잘 끓여?"

# 4장
# 아스폰 황제

페루 백작. 그가 호쾌한 웃음을 터뜨렸다.

"크하하핫, 사 가셨던 키메라가 성능이 좋다니, 아주 다행입니다."

그리고 그가 앉은 술상으로는 콜로디스 제국의 내로라하는 귀족들이 앉아 있었다.

조금 전, 페루 백작의 웃음의 대상인 아네스 후작이 빙긋 웃어 보였다.

"카데스 광산을 발견한 후, 오디스 마을의 주민들이 광산을 건드리면 신께서 노하신다면서 아주 큰 골치를 겪게 만들었죠. 그런데 병사들을 보내자니, 그들이 입고 있는 갑옷의 문양이 걸렸고, 그들에게 합당한 보상을 해주고 내쫓으려니 그 또한 왠지 되지 않을 것 같았죠."

아네스 후작은 콜로디스 제국에서 꽤 영향력 있는 1인이었다. 그러한 아네스 후작이 위스키 잔을 흔들고 목을 축이고 말했다.

"그래서 키메라로 그 더러운 잡종들을 치워 버리니 속이 시원합니다."

"키메라의 소행이기 때문에 황궁에서도 몬스터의 습격으로 전멸했다 분류하겠지요."

"그렇습니다. 아주 유용한 존재들입니다, 키메라들은."

지금 이 자리에 앉아 있는 모두는 페루 백작이 매일 키메라 생산이 이루어지는 다음 날, 키메라 시장을 열 때 참석하는 모든 이들이었다.

그들 또한, 키메라 생산과 유통, 판매, 수입을 거들고 있는 귀족들이었기에 모두 입이 절로 무거웠다.

황제 아스폰은 국민을 아끼는 존재였다. 귀족들보다 국민들의 목소리에 더 귀 기울이는 작자이니, 이런 식의 편법을 사용해야 했다.

"내일 판매될 키메라들은 어떨지 기대됩니다."

"밤을 기분 좋게 하는 키메라는 없습니까?"

"하하하하!"

페루 백작이 껄껄 웃었다.

그러다 작은 목소리로 말했다.

"헤이즈라는 어린 여자아이가 있는데, 그 아이가 무척이나……."

하지만 그는 그 말을 끝맺지 못했다.

"으아아아악!"

"끄아아아아악!"

"커헉!"

갑자기 비명이 들려왔기 때문이다.

페루 백작의 미간이 구겨졌다.

'뭐지?'

슬슬 바르첼 경이 올라올 시간이 되었다고 그는 생각하고 있었다. 그런데 비명이라?

그리고 귀족들의 얼굴이 구겨졌다.

"일단은 서둘러 이곳을 나가야겠군요."

"워프 게이트를 열겠습니다."

페루 백작이 서둘러 뒤쪽에 있는 마법사에게 지시했다.

그들은 하나같이 높은 귀족들인 만큼 호위기사와 뛰어난 마법사를 대동하고 있었다.

"얼마나 소요되지?"

"약 4분 정도입니다."

"충분한 시간이군."

이곳까지 걸어오는 데 있는 병력이 첩첩산중이었다. 절대 4분 안에 도달할 수 없다.

비명의 원인은 몰랐지만 일단 이들 자체의 얼굴을 숨겨야 했다. 그 후에 정체 모를 비명을 수습해도 늦지 않았다.

바로 그때였다.

끼이이익-

문이 열렸다. 그리고 문이 열리고 정체 모를 사내와 키가 작은 어린 소년, 아기 돼지가 함께 들어왔다.

사내는 들어오자마자 반월의 검기 두 개를 생성, 마법을 캐스팅 중이던 마법사를 향해 쏘아 보냈다.

"네놈은 누구냐!"

"무엄하다!"

그리고 쏘아지는 검기를 보며 페루 백작은 비웃었다.

지금 그가 공격한 자는 콜로디스 제국 내에서 마법사 중 천의 마법사 중 한 명이었다.

천의 마법사란 천 명의 제국 내의 최고의 마법사들을 뜻한다. 저딴 검기가 마법사 프라임을 어쩔 수는 없을 터.

하지만 그 순간.

서걱-

"크아아아악!"

방어 마법을 펼쳤던 프라임의 실드가 너무도 허무하게 부서졌다.

'뭐, 뭣이……!'

비록 백의 마법사와 천의 마법사가 천지 차이라고는 하나, 저 단단한 실드를 단숨에 부수다니?

"네놈은 도대체 누구냐!"

"글쎄?"

사내 민혁이 그들을 싸늘하게 둘러봤다.

뒤쪽에서 계속해서 기사들과 병력이 밀고 들어오기 시작했다. 어느덧 수십이 넘는 기사들이 그들을 둘러싸고 검을 겨누고 있었다.

그리고 페루 백작은 그의 검에 그려진 피닉스의 문양을 볼 수 있었다.

'피닉스? 이필립스 제국의 사람?'

그는 고개를 갸웃했다가 곧 말했다.

"콜로디스 제국 내에서 이필립스 제국의 사람이 이러한 일을 벌이다니, 네놈은 죽음을 면치 못하겠군!"

"……네놈들이야말로 죽음을 면치 못하겠는데? 키메라를 사들여서 마을 사람들을 학살하고 위협이 되는 다른 귀족들도 죽이잖아."

"어차피 네놈은 여기서 죽을 테니, 그 사실은 외부에 알려지지 못하겠지."

페루 백작이 짙은 웃음을 머금었다.

그리고 한 가지 더.

"나는 아스폰 황제 폐하의 신의를 받는 사람이다. 네깟 놈이 건드릴 수 있는 사람이 아니다!"

"말이 많네."

민혁이 몸을 날렸다.

그의 검에서 잔상이 생겨났다. 난무하는 검이었다.

채채채채채채챙-

기사들이 다급히 귀족들을 보호하기 위해 막아섰다.

그리고 코니르를 페루 백작이 알아봤다.

"서, 설마. 코, 코니르?"

분명히 외형이 달랐다. 본래의 코니르는 온몸이 미이라처럼 붕대에 감겨 있었으니까. 하지만 그 걸음걸이와 특유의 느낌이란 게 있었다.

"조, 조심해라, 저놈은!"

페루 백작은 심상치 않음을 깨닫고 외쳤다. 그리고 기사들이 코니르가 움직이자 주춤했다.

그러다 한 기사가 의아했다.

'착하게 생긴 꼬마 놈일 뿐인데?'

코니르는 생글생글 웃고 있었다. 그 웃음에 자신도 모르게 웃음이 날 뻔했다.

그러다 해맑게 웃으며 코니르가 외쳤다.

"코니르!! 오늘 라면 끓이는 법 배웠다!!"

코니르는 설레어서 몸을 주체하지 못하는 표정이었다.

"……"

"……"

"……"

기사들이 일제히 침묵했다.

그리고 코니르가 물어왔다.

"라면 끓일 때, 면부터 넣어, 수프부터 넣어?"

그것은 문제를 낸 순수한 소년 같았다.

그 말에 한 기사가 달려들었다.

"미친 버르장머리 없는 꼬맹이 녀석, 네놈의 버르장머리를
고쳐······."

푹-

단 일격이었다. 헤실헤실 웃는 덜떨어져 보이는 소년이 검을
목에 박아 넣는 시간 말이다.

기사 한 명이 쓰러졌다.

그리고 다시 코니르가 물었다.

"면? 수프?"

"······."

"······."

기사들이 뒤로 주춤주춤 물러났다.

조금 전 죽은 기사는 아네스 후작의 기사로서 아스폰 황제
가 하사한 기사였다. 그런데, 어찌?

"면, 수프?"

"며, 면!!"

한 기사가 다급하게 대답했다. 그에 코니르가 생글생글 웃
으며 움직였다.

"틀렸어, 물부터라고 민혁 님이 알려줬어!"

코니르는 오늘 매우 기뻤다. 민혁이 '라면 담당'을 맡겨주었
기 때문! 그리고 라면 끓이는 법과 먹는 법에 대해 가르쳐 주
었던 것이다!

"커헉!"

"헉······!"

무슨 그런 황당한 대답이 있단 말인가? 기사들이 주춤주춤 물러났다.

다시 코니르가 물었다.

"안성탕탕면이 좋아, 씬라면이 좋아?"

그에 기사들이 주춤거리다가 한 기사가 말했다.

"라, 라면은 당연히 씬라면이다!!"

그에 코니르가 생글생글 웃으며 검을 꽂았다.

푹-

"크헉!"

일격에 쓰러진 기사. 그에 기사들이 물었다.

"이, 이번 답은 뭐냐?"

"설마 네 입맛대로 안성탕탕면이라고 하려는 게냐!!"

그를 보던 코니르가 빙긋 웃으며 답했다.

"틀렸어, 라면은 뭐든 다 맛있는 거랬어!!"

"컥!!"

"무, 무슨 그런 대답이!"

"야이씨, 그런 억지가 어딨냐!!"

하지만 검을 쥐고 일격에 쓰러뜨리는 코니르가 곧 법이나 마찬가지였다.

그리고 코니르가 생글생글 웃으며 다시 물어왔다.

"라면에 치즈나 떡 중 뭘 넣어?"

기사들은 세상에서 이렇게 두렵긴 처음이었다. 어린 소년이, 저런 천진난만한 표정을 지으며 다가온다고 생각해 봐라.

그것도 일격에 죽이면서.

그리고 곧 한 기사가 소리쳤다.

"치, 치즈다."

그에 코니르가 씨익 웃었다.

"틀렸어, 고민될 땐 둘 다 넣으면 된다고 민혁 님이 가르쳐 줬어!"

푹―

그 장면을 본 페루 백작은 패닉에 빠졌다.

하지만 그는 곧 빠르게 정신을 차렸다.

그는 기사들이 죽어나가는 틈을 타, 서둘러서 마법 수정구를 가동시켰다.

그리고 작은 버튼 앞에 섰다.

"이 버튼을 누르면 키메라가 있는 지하는 파괴되지. 그리고 마법 수정구를 통해 이 모든 사실은 황궁에 보고될 터. 네놈이 만날천날 떠들어봐야 황제께서 이필립스 제국의 사람의 말을 들어주겠나, 아니면 많은 사람의 선망을 받는 나의 말을 들어주겠나."

모든 증거가 파괴된다면 그저 민혁은 귀족들을 학살한 사내가 될 것이었다.

그리고 페루 백작은 자신만만했다.

"아스폰 황제와 나는 각별한 사이이기까지 하지, 며칠 전에도 함께 차를 마시며 다과를 즐겼다. 네놈, 이방인이 분명해 보이는군, 다신 이 세상에 발을 들이지 못하도록 해주마!"

"아이참, 그거는 좀 난감한데."

곧이어 마법 수정구가 가동되기 시작했다.

바로 그때. 한 사내의 목소리가 들려왔다.

"그렇지, 나는 그와 각별한 사이지."

그리고 페루 백작의 눈이 커다랗게 커졌다.

등 뒤로 수십의 기사단과 마법사, 그리고 옆에는 정체 모를 성기사를 대동한 사내. 아스폰 황제의 등장이었다.

"폐, 폐하!!"

그 순간 서 있던 모든 이들이 넙죽 엎드렸다.

페루 백작은 일말의 희망을 품었다. 그는 분명히 '나는 그와 각별한 사이지'라고 말하지 않았는가?

즉, 그는 사건의 전말을 모른다. 생각해 보니 알 수 있을 턱이 없었다.

황제 아스폰에게는 매일 제국 각지에서 수천 개 이상의 보고가 올라간다. 또한, 아스폰 황제가 일개 이방인 때문에 방문한 것은 아닐 터. 어째서 그가 여기에 있는지는 모르지만, 그는 청산유수처럼 말하기 시작했다.

"이자가 황제 폐하를 모함하고 있나이다. 또한, 저에게 키메라를 만든다며 갑자기 말도 안 되는 구실을 이용해, 죽이려 들고 있습니다."

"……그래?"

그에 아스폰 황제가 민혁을 보았다. 그러자 페루 백작은 더욱더 기대감을 가지고 목에 핏대를 세워 외쳤다.

"영지의 성 아스라토에서 키메라를 만들다니요! 그 무슨 말도 안 되는 소리겠습니까?"

바닥에 엎드려 있던 귀족들이 한 마디씩 거들었다.

"폐하, 저자는 이필립스 제국에서 보내온 자객이 분명합니다!"

"여제 엘레가 콜로디스 제국을 뒤흔들기 위해 저자를 보낸 것이 분명합니다."

"이 모든 일을 바로잡아 저자에게 엄벌을 내려주시옵소서!"

그에 아스폰 황제가 고개를 주억였다.

"좋다."

그에 귀족들의 입가에 비릿한 미소가 맺혔다.

그리고 그가 말했다.

"모두 일어나거라."

"예!!"

그들 모두가 재빠르게 일어섰다. 그들 중 누군가는 기쁨에 겨운 입꼬리가 올라가는 걸 참기가 힘든 이들도 있었다.

그리고 앞에 선 검을 든 사내를 보았다.

아스폰 황제와 그가 거느린 기사단은 매우 강했다. 심지어 그가 거느린 기사단의 단장 카오스는 레벨 650에 육박하는 과거 기사의 탑의 탑장이었다.

그가 코니르보다 레벨이 높은 이유는 코니르는 키메라가 되면서 레벨이 하향되었기 때문이었다.

그들이 일어서자 아스폰 황제가 빙긋 웃었다.

"이제야 패기 편해졌군."

"하하하하, 그렇습니다!"

"맞습니다. 폐하! 제 명치를 세게……! 예?"

살았다는 안도감에 취해 있던 그들이 고개를 갸웃했다.

그 순간, 아스폰 황제가 거리를 좁혔다. 그리고 한 귀족의 명치를 있는 힘을 다해 가격했다.

콰작-

단 한 수에 갈비뼈가 함몰되는 소리와 함께 사내가 뒤로 처박혔다.

이어서 그 옆에 있던 귀족의 손목을 틀어잡고 그대로 비틀었다.

뿌득-

"크하악!"

그리고 손날로 목을 가격했다.

"컥!"

쓰러지는 귀족들을 보며 아스폰이 말했다.

"이는 나의 국민을 건드린 죄."

콰드윽!

"크아아아아악!"

"이는 어린아이들을 이용한 죄."

퍼드으으윽!

"으, 으아아아아악!"

"그리고 키메라를 이용해 사람들을 죽여온 죄."

"끄아아아아아악!"

"그리고 이제까지 이 사실을 몰랐던 무지한 나를 탓하는 죄."

퍼직!

"커허어어업!"

그들이 제각기 비명을 지르며 쓰러졌다.

아스폰 황제는 성기사 코루와 함께 뜻하지 않게 이곳에 오게 되었다.

그리고 성기사 코루는 페루 백작의 키메라에 대해 말해줬고 설마설마하며 아스폰은 믿지 않았다.

하지만 안에 들어오고 나서 한 영특한 아이가 다가왔다. 소녀 헤이즈였다.

그리고 아스폰 황제는 지하실로 가서 감옥에 갇힌 아이들을 볼 수 있었다.

그는 지금 진심으로 분노하고 있었다.

민혁이 스르릉 하나의 단검을 꺼냈다.

"폐하, 이 단검에는 독룡 암바카의 독이 묻어 있습니다. 이 단검으로 놈들의 숨통을 끊으면 30일 동안 영혼 상태로 구천을 떠돌며 배고픔에 시달린다고 합니다."

"그거 정말 좋은 단검이군! 자신들이 겪어봐야 얼마나 끔찍한지 알 테지!"

그와 함께, 민혁은 뼈가 꺾이거나 부서져 바닥을 구르는 귀족들에게 다가가 단숨에 목에 틀어박았다.

**[게네르 백작을 사냥하셨습니다.]**

**[카오 수치가 쌓인 NPC로 카오 상태가 되지 않습니다.]**
**[경험치 6,154,673을 획득합니다.]**
**[44플래티넘을 획득합니다.]**
**[독룡 암바카의 저주의 단검이 효과를 발휘합니다.]**

그 순간 게네르 백작이라는 뚱뚱하고 욕심 많게 생긴 그의 몸에서 비명을 지르는 영혼이 튀어나왔다.

[끄아아아아악!]

거친 비명과 함께 튀어나온 게네르 백작. 그는 극심한 배고픔을 느끼기 시작했다.
머릿속에서 누군가 외치는 것 같다. 먹어라! 모든 것을 먹어 치워라!!

[배, 배고파…….]

영체화된 게네르 백작은 극심한 배고픔을 느끼며 조금 전 자신이 앉아서 먹던 과일에 손을 뻗었다. 하지만 그 손은 과일을 스쳐 지나갔다.

[배고파! 배고프다고! 먹고 싶어어어!!]

극심한 배고픔! 하지만 앞에 있어도 먹지를 못한다.

이어서 민혁이 쥔 단검이 계속해서 쓰러진 자들을 찔렀다.

[아르가드 백작을 사냥하셨습니다.]

[카오 수치가 쌓인 NPC로 카오 상태가 되지 않습니다.]

[경험치 7,154,673을 획득합니다.]

[레벨업 하셨습니다.]

[86플래티넘을 획득합니다.]

[독룡 암바카의 저주의 단검이 효과를 발휘합니다.]

 귀족들의 경우 경험치 획득량이 탑의 기사들보다도 더 높은 편에 속했다. 그도 그럴 것이 일반 유저가 귀족을, 그것도 카오 수치가 높은 이들을 사냥하는 일은 매우 드문 일이었다.

 그렇게 대부분이 죽고 단 한 사람, 페루 백작만이 남았다.

 "사, 살려주십시오. 폐하!"

 하지만 아스폰 황제에게 자비란 없었다.

 서걱- 툭.

 페루 백작의 손이 땅에 떨어지고 그가 바닥에 쓰러져 몸부림치기 시작했다. 그리고 나머지 손목과 두 개의 발목도 잘라냈다.

 손과 발목이 모두 잘린 채 몸부림치는 페루 백작은 이 일을 꾸민 원흉다운 최후를 맞이하고 있는 것이다.

 마지막으로 민혁이 천천히 다가갔다.

그 순간, 페루 백작이 독기를 품은 눈으로 말했다.

"흐흐흐흐흐, 나를 죽였다고 끝났다고 생각지 마라!! 아스폰!! 그들이 너의 숨통을 조일……."

푹-

민혁이 마지막으로 페루 백작의 목에 단검을 박아 넣었다.


[페루 백작을 사냥하셨습니다.]

[카오 수치가 쌓인 NPC로 카오 상태가 되지 않습니다.]

[경험치 9,154,673을 획득합니다.]

[레벨업 하셨습니다.]

[186플래티넘을 획득합니다.]

[독룡 암바카의 저주의 단검이 효과를 발휘합니다.]


페루 백작은 이제까지의 악행과 그의 명성, 다양한 것들에 의해 경험치가 압도적으로 높은 편이었다.

그리고 이 안의 귀족들을 사냥함으로써 자그마치 약 714플래티넘을 획득하게 되었다.

민혁은 허공을 두둥실 배회하며 배고프다고 아우성치는 그들을 보았다.


[배고파!!]

[배고파서 죽을 것 같아!!]

[제발! 제발 먹을 것 좀 줘!!]

하지만 이는 아스폰이나 다른 이들에겐 보이지 않는 듯했다. 보이는 사람은 독룡 암바카의 저주의 단검을 사용한 민혁뿐이었다.

"이제 일 하나는 끝냈으니 다른 중요한 부탁 하나 해줬으면 좋겠네."

아스폰 황제의 목소리는 진지했다.

하지만 지금 민혁에게 황제 아스폰의 부탁보다도 먼저 이행해야 하는 일이 존재했다.

"밥 좀 먹고 가도 될까요?"

민혁이 쾌활하게 웃으며 말했다.

아스폰 황제는 조금 전과 표정이 확연히 다른 그를 보며 호기심을 느꼈다. 심지어 그는 지금 자신의 '부탁'보다도 '밥 먹는 게' 더 중요한 것처럼 보였다.

헤이즈는 두려움 가득한 표정이었다.

페루 백작이 본래 지내던 영주 성. 그 영주 성 안의 식당으로 황제인 아스폰과 콜로디스 제국의 황궁의 기사들인 태양기사단의 이들이 오로지 한 사내만을 기다리고 있었다.

아스폰 황제는 노할 수도 있었지만, 신중히 그를 지켜봤다.

'저자가 저주를 풀 수 있는 유일한 인물……!'

애석하게도 아스폰 황제의 대머리의 저주는 코루조차도 풀수 없을 정도로 강력했던 것! 그로 인해 아스폰 황제가 친히 민혁을 데리러 온 것이다.

코루의 말에 따르면 그의 요리는 그가 원하는, 갈망하는 것을 이뤄줄 수 있는 힘을 품기도 한다고 했기 때문이다.

"혜혜, 맛있겠다. 커리!!"

그리고 민혁은 이 숨 막히는 광경 속에서도 쾌활하게 웃고 있었다.

헤이즈는 도통 이해할 수가 없었다. 아까 전엔 누구보다 싸늘했다가, 지금은 누구보다도 해맑았다. 심지어 황제가 바라보는 앞에서도 기죽지 않고 먹고자 하는 강한 의지를 보인다.

그에 따라 헤이즈는 자신이 가장 자신 있는 커리를 만들기 시작했다.

커리에 들어간 고기는 닭고기를 이용했다. 그리고 민혁의 요구대로 인도 전통 음료인 블루베리 라시와 탄두리치킨, 샐러드, 갈릭 난을 준비했다.

커리가 나오기 전, 헤이즈는 민혁의 앞으로 인도식 수프를 놓았다. 인도식 수프는 다른 나라의 수프와는 다르게 조금 묽은 편이었다.

수프를 한 입 떠먹은 민혁은 흐뭇하게 웃었다.

고된 일을 한 후에 먹는 밥은 그 어떤 때보다 꿀맛이지 않던가?

그리고 기다리고 기다리던 커리가 나왔다.

커리는 인도 전통 방식의 철 그릇에 나왔는데, 그 밑으로는 식지 말라고 촛불이 켜져 있었다.

커리 안으로는 우리나라에서 먹는 카레와 같이 야채 같은 것을 찾아볼 수 없었다. 하지만 수저를 넣어보면 그 안에 가득 든 닭고기를 볼 수 있었다.

민혁은 식사 시작 전에, 블루베리 라시를 한 모금 쭉 빨아 마셨다. 발효시킨 요구르트의 종류인 라시는 인도 전통 음료로 시원하게 마시면 좋았다.

입안으로 달콤한 라시가 들어오고 오돌토돌한 잘 갈린 블루베리의 식감이 느껴진다.

그 상태에서 민혁은 기다란 갈릭 난을 집었다.

뜨끈뜨끈한 갈릭 난을 찢은 민혁은 커리에 푹 찍었다. 진득한 커리가 난에 묻어났다.

그것을 입으로 가져갔다.

입에 넣는 순간, 달콤한 커리의 맛이 느껴졌다.

이 커리는 매운맛과 달콤한 맛 등을 고를 수 있었는데, 민혁은 개인적으로 달콤한 맛을 좋아했다.

"맛있어…… 헤이즈. 너 정말 커리의 달인이었구나!"

"헤헤."

헤이즈가 멋쩍게 웃었다.

민혁은 수저로 커리를 듬뿍 펐다.

수저에는 닭고기와 커리가 크게 딸려왔다. 그리고 미리 찢어놓은 갈릭 난 위로 수저에 푼 것을 듬뿍 바르고 고기를 올렸다. 그 상태에서 입에 넣자 커리 특유의 향과 달콤한 맛이 입안 가득 퍼진다.

그러다 또 다른 음식에 포크를 움직였다. 바로 탄두리치킨이다.

탄두리치킨은 '탄두리'라는 화덕에서 구워냈기에 탄두리치킨이라는 이름이 붙었으며 향신료와 요구르트를 이용해 요리한 인도식의 독특한 음식으로 겉 부분이 붉은빛이 감돌고 검게 그을린 부분도 찾아볼 수 있었다.

탄두리치킨을 나이프와 포크를 이용해 잘라낸 민혁은 입에 넣어봤다. 탄두리치킨 특유의 맛이 느껴진다.

매콤달콤하면서도 특유의 퍽퍽한 맛. 붉은색 액체형 소스에 찍어 먹으면 그 매콤한 맛을 더해줄 수 있다.

자주 먹는다면 질릴 수도 있는 게 탄두리치킨이었지만 간혹 생각날 때가 있다.

그렇게 탄두리치킨을 먹어주다가 민혁은 이번에는 접시에 담긴 밥 위로 커리를 올렸다. 그리고 쓱싹쓱싹 비벼줬다.

이렇듯 커리는 빵의 종류인 난뿐만이 아니라, 밥과 함께 먹어도 좋다. 물론 우리나라에서 먹는 카레의 맛과는 확연히 다른 맛이다.

그렇게 민혁이 맛있게 먹던 중, 헤이즈가 말했다.

"오빠."

"응?"

민혁이 고개를 돌리자 헤이즈가 말했다.

"전 갈 곳이 없는데…… 오빠랑 같이 가면 안 될까요?"

그 순간 또다시 알림이 울렸다.

**[전설이 될 이름을 가진 헤이즈가 영원한 충성을 맹세합니다.]**

민혁의 몸이 부들부들 떨렸다.
'이, 이 녀석들이 둘씩이나 정말 나한테 왜 그래!!'
민혁의 표정이 울 것처럼 일그러졌다.

# 5장
# 탈모의 저주

　민혁은 헤이즈를 제외하고서도 대부분의 아이들이 고아이거나 혹은 돌려보내기 난처한 이들임을 알고 그들 전부를 영지의 일원으로 받아들이기로 결정했다.

　그리고 그는 코루에게 획득한 모든 돈을 넘겨주었다.

　"이 돈으로 저 아이들의 터전을 마련할 수 있도록 부영주 밴에게 전달하도록 해."

　그 모습을 지켜보던 황제 아스폰은 흥미를 가졌다.

　'이방인이 개인의 사리사욕이 아닌 아이들부터 챙긴다……　재밌군.'

　이방인이란 욕심 많은 이들이 태반이었다. 그러한 것을 감안했을 때, 민혁이란 자가 괜찮은 사람이라는 걸 알 수 있었다.

　황궁으로 가면서 민혁은 이야기를 들었다.

"아스폰 황제의 머리에 내려진 저주는 너무도 강력하여 저의 탈모르 찬송가에도 불구하고 머리카락이 자라나질 않습니다."

세상에나! 다른 탈모에 걸린 이들의 머리카락은 전부 자라나지만 아스폰 황제의 머리카락은 자라나지 않는다.

코루가 아스폰 황제를 민혁에게 데리고 온 이유는 간단했다.

민혁의 레시피 창조 스킬! 그를 통해 요리를 먹는다면 그의 불치병 같은 탈모에도 효과가 있을 수도 있었기 때문이다.

민혁은 아스폰 황제에게 레시피 창조 스킬을 사용했다.


**[상대방이 원하는 레시피를 창조합니다.]**
**[미역국&두부조림 레시피를 확인할 수 있습니다.]**
**[레시피 창조에 따라 버프량을 소모합니다.]**


미역이나 다시마, 또는 콩으로 만들어진 두부는 탈모에 매우 좋다고 알려져 있었다.

레시피를 확인한 민혁.

생각보다 어렵지 않았다. 레어 등급의 요리만 나와주어도 아스폰 황제의 탈모는 충분히 치료될 수 있을 듯 보였다.

하지만…….

"죄송하지만 폐하. 폐하의 불치병인 탈모를 치료하기는 매우 어려울 것 같습니다."

"그, 그게 무슨 소리인가."

민혁은 침울한 표정으로 말했다.

"제 버프 요리는 무한하지가 않습니다. 버프량이라는 게 존재한다는 건 황제 폐하께서도 아실 겁니다."

"알다마다. 요리사들은 버프량에 따라 하루에 만들어낼 수 있는 요리가 다르다지."

"그런데, 아스폰 폐하의 탈모를 치료하기 위해선 제가 감당할 수 없는 수준의 버프량이 필요합니다."

"그, 그렇다면 다른 방법은 없는 건가?"

아스폰 황제는 무척이나 다급해 보였다. 그럴 수밖에 없는 것이 평생을 내려온 탈모의 저주를 해방시킬 수 있는 유일한 수단일지도 몰랐기 때문이다.

그에 민혁이 말했다.

"방법이 아예 없는 것은 아닙니다."

"방법이 뭔가, 그 방법이 무엇인지는 모르겠지만 그 어떤 것도 하겠네."

그에 민혁이 논리정연하게 설명을 시작했다.

"제 버프량의 한계를 넘는 방법은 그 지역의 특산물을 먹는 겁니다. 또한, 그곳에 직접 가서 먹어야 버프량이 일시적으로 증가하지요. 그런데 저는 며칠 전 처음으로 이 제국에 발을 들였습니다. 그러니, 이 제국의 특산물을 이용한 요리를 먹는다면 그 효과는 극대화가 되겠지요. 또한, 그 특산물 중에서도 가장 좋은 것! 맛이 있는 것이라면 최고이지 않을까 합니다. 이곳, 콜로디스 제국에서 가장 유명한 먹거리가 뭡니까?"

그렇다.

지금 민혁은 아스폰 황제를 상대로 사기를 치고 있는 것이다!

하지만 그 표정은 진심이 가득 묻어나 보였다. 또한, 아스폰 황제는 돈을 아이들을 위해 선뜻 쓰라며 건넸던 민혁이 거짓말을 하진 않을 거라 생각했다.

하지만 틀렸다. 민혁은 먹기 위해선, 황제한테도 거짓말을 할 수 있는 사람이었다.

이것 또한 아버지께 배운 거래의 기술의 일종의 방법. 그 사람이 꼭 필요로 하는 것이 있을 때, 만약 그것을 할 수 있는 사람이 자신뿐만이라면 자신의 가치를 올려라!

곧 민혁의 특산물이 뭐냐는 질문에 아스폰 황제가 답했다.

"메밀일세."

그에 민혁은 전율했다.

메밀이라고 한다면 막국수, 냉모밀, 온모밀, 메밀전병 등을 먹을 수 있는 그 메밀 아니던가!

'ㅎㅎㅎㅎ'

민혁이 음침하게 웃었다.

알 속에서 깨어나기를 기다리는 독룡 암바카. 그는 자신의 앞날을 예상했다.

그동안은 욕심 많은 인간에 의해 오랜 시간 동안 아이들을 포식하며 키메라로 생산하는 일종의 공장의 역할을 해왔다.

그것은 독룡 암바카가 원해서 한 행동은 아니었다.

그리고 독룡 암바카는 자신을 사냥하고 새로이 얻은 주인도 마찬가지일 거라고 생각했다. 욕심 많은 인간은 자신을 그저 몬스터나 사람을 죽이는 도구로 사용할 것이었다.

용들은 다른 이들보다도 더욱더 감성적인 존재들이었다. 그랬기에 암바카는 슬플 수밖에 없었다. 하루하루가 좌절일 터다. 그리고 여의주 또한 빼앗겨 버렸다.

바로 그때.

쩌저저적-

드디어 나갈 시간이 되었다.

누가 주인이든 상관은 없었다. 어차피 다 똑같은 사람들일 것이다. 단지 암바카는 생각했다.

'나의 형제들아, 너희들은 부디 너희를 진심으로 아끼고 사랑하는 이들을 만났으면 좋겠구나.'

자신과 다르게 그들은 기억이 없었다. 그 때문에 멀리 있어도 응원할 뿐이었다.

그리고 과거 함께 들판 위를 날아다니며 춤을 추고 울음을 흘렸던 과거를 회상했다.

마침내.

파아아앗-

알이 온전히 깨지며 암바카가 빛을 보았다.

눈부심에 그의 눈이 끔뻑끔뻑 감긴다, 그리고 슬픔에 그 눈에서 눈물이 흐른다.

그때, 한 사내가 말했다.

"아이야, 왜 우는 것이냐."

그 목소리는 한없이 따뜻했고 다정다감했다.

그때, 독룡 암바카는 볼 수 있었다. 모든 것이 검은 갑옷으로 이루어진 사내였다. 심지어 복면마저도 마찬가지였다.

그러한 그가 부드럽게 머리를 쓸었다.

"울지 말거라, 네가 더 이상 울지 않게 하고 싶다."

그리고 독룡 암바카에게 소리가 들려왔다.

**[아테네 신의 규율에 따라 흑염룡을 영원한 주인으로 섬겨야 합니다.]**

용은 태생적으로 상대방의 감정을 읽을 수 있었다.

그리고 느꼈다.

내가 너를 지켜주마. 내가 너를 아껴주마. 내가 너를 외롭지 않게 하마.

한없이 부드럽게 웃어 보이는 사내. 그가 곧이어 아차 한 표정을 지으며 말했다.

"친구들을 소개해 주마."

"크르으?"

거대한 크기의 암바카는 친구들이란 말에 고개를 갸웃했다.

바로 그 순간이었다. 흑염룡의 왼손과 오른손에 깃들어 있던 두 마리의 용이 모습을 드러냈다.

"키에에에에에!"

"캬아아아아아아!"

그들을 보며 암바카는 깜짝 놀랐다.

첫째였던 소멸의 용이자 불의 용. 둘째였던 지혜의 용이자 빙의 용. 그들이 함께 있었다.

그들은 독룡 암바카에게 천천히 다가왔다. 그리고 그의 냄새를 맡아보고 콧수염을 머리로 툭툭 건드리다가 그르릉 울음을 흘렸다.

"하하하하, 데스티니와 브레트니가 네가 아주 마음에 드나 보구나!"

그 순간, 독룡 암바카는 감격에 차올랐다.

내가 있어야 할 곳. 그리고 나를 이끌어줄 수 있는 주인. 바로 그가 앞에 있었다.

그 순간 흑염룡에게 알림이 울려왔다.


[세 마리의 용을 거느린 자가 되셨습니다.]

[로열 클래스에 도전하기 위한 조건을 충족하셨습니다.]

[로열 클래스인 '용 군주'로 전직할 수 있는 조건을 충족하셔야 합니다.]

[전직 퀘스트 '마지막 남은 파괴의 용을 찾아서'가 생성됩니다.]


띠링!

**[전직 퀘스트: 마지막 남은 파괴의 용을 찾아서]**

등급: 로열

제한: 로열 클래스로의 도전조건을 충족한 자

보상: 용 군주로 전직

실패 시 페널티: 용 군주로 전직할 수 없음

설명: 당신은 로열 클래스로 도전할 수 있는 기회를 얻게 되었다. 4대 전설의 용 중 마지막으로 존재하는 파괴의 용을 얻어라. 마계에 있는 '용기사 알카드'를 만난다면 그 정보를 들을 수 있을 것이다.

로열 클래스? 생소한 이름이었다.

하지만 얼핏 떠도는 이야기를 들은 것 같았다.

유저들의 레벨이 높아질수록 그들이 도전하는 던전과 퀘스트 등도 더 어렵고 힘들어지고 있다. 또한, 고레벨 유저들을 위한 특권을 위해 준비 중인 클래스가 있다고 하였다.

흑염룡은 상세 설명 기능을 통해 들어봤다.

[로열 클래스는 새로운 직업으로의 전직일 수도 있지만, 기존에 가지고 있던 직업이 최고의 경지까지 성장한 클래스이기도 하며 일반적으로 아테네의 클래스 등급은 신 클래스 1등급, 전설 클래스 2등급, 히든과 시크릿이 3등급, 일반이 4등급으로 나눠집니다. 하지만 로열 클래스는 1~3등급 안에 모두 속할 수 있습니다.]

"아……."

쉽게 이해가 되었다.

로열 클래스는 4등급의 일반 직업에서도 전직이 가능한 직업군이다. 어쩌면 이는 일반 직업을 가진 유저들이 극의의 경지에 올라 신 클래스와 맞먹는 힘을 발할지도 모른다.

그 이유는 간단하다.

위의 설명에 따르면 1~3등급 안에 모두 속한다고 되어 있다. 로열 클래스로 올라본다면 어쩌면 1등급의 신 클래스와 견줄지도 모른다는 의미. 물론 반대로 말하자면 3등급에 머무를 수 있을지도 모른다.

그리고 그 순간 또 다른 알림이 울렸다.

[여의주가 진화합니다.]
[여의주가 에픽 등급에서 전설 등급으로 진화합니다.]
[여의주가 강력한 힘을 발현합니다.]
[브레트니가 한층 더 성장합니다.]
[데스티니가 한층 더 성장합니다.]

그 순간 브레트니와 데스티니의 온몸을 비늘들이 덮기 시작했다. 흡사 그 모습은 영화 속에서 슈트를 장착하는 아이언맨 같은 모습이었다.

이어서 브레트니와 데스티니의 길이도 더 길어졌으며 이마에 자라난 두 개의 뿔도 더욱더 크고 단단해졌다.

[브레트니가 레벨 457에서 524로 진화합니다.]

[데스티니가 레벨 415에서 542로 진화합니다.]

[브레트니의 모든 스킬이 4 상승합니다.]

[데스티니의 모든 스킬이 4 상승합니다.]

[브레트니에게 새로운 스킬이 추가되었습니다. 확인해 주시기 바랍니다.]

[데스티니에게 새로운 스킬이 추가되었습니다. 확인해 주시기 바랍니다.]

[데스티니와 브레트니의 소환 시간이 1시간 증가합니다.]


엄청난 변화였다.

심지어 독룡 암바카의 경우 레벨을 확인하자 532였다.

독룡 암바카는 곧바로 완전체라는 이점은 있지만 다른 용들의 완전체에 비한다면 한없이 약해 보였다. 심지어 브레트니와 데스티니의 경우 아직 한 단계 더 성장할 수 있다고 되어 있다는 게 경악적이었다.

그러다 흑염룡은 퀘스트창에 떠오른 문구를 다시 한번 곱씹었다.

'파괴의 용을 찾기 위해 마계로 가야 한다……'

민혁은 콜로디스 제국의 각 지역의 특산물을 맛있게 먹어치웠다.

그렇게 며칠을 먹다가 민혁은 마지막으로 앞에 놓인 음식을 보았다.

이제까지 지역의 특산물을 먹었지만 역시 마지막은 제국의 대표 특산물로 만든 음식이다. 바로 냉모밀과 막국수, 그리고 그 앞에 놓여 있는 돈가스였다.

민혁은 개인적으로 메밀국수를 먹을 때, 돈가스를 함께 곁들이는 걸 매우 좋아하는 편이었다.

냉모밀은 시원하게 살얼음이 동동 껴있었다. 그리고 그릇에는 초록색 고추냉이가 발라져 있었다. 이 고추냉이를 기호에 맞게 살살 풀면 된다.

그리고 무를 갈아 만든 것과 쪽파도 함께 놓여 있었다. 그는 먼저 냉모밀에 고추냉이를 살살 풀어준 후에, 무를 넣었다. 그다음 살살살 잘 섞이게 했다.

그 국물을 한번 떠먹어 봤다.

'와, 시원해.'

감탄이 절로 나오는 시원함이었다.

그 상태에서 이번엔 면발을 집어 올려 후루룹 먹어본다.

특유의 구수한 냉모밀의 국물이 들어간 메밀국수의 면발은 다소 뚝뚝 끊어지는 맛이 있지만, 이것이 바로 묘미라 할 수 있을 거다.

그다음엔 곧바로 소스가 가득 뿌려져 있는 미리 잘라놓은 돈가스를 포크로 쿡 찍어서 먹는다.

바삭거리는 식감에 달콤한 소스가 즐거운 맛을 낸다.

그리고 막국수. 막국수를 비벼준다. 붉은 빛깔에 자신도 모르게 절로 침이 꿀꺽하고 넘어간다.

그리고 그릇째로 집어 들어 막국수를 후루룹 먹어주는데 메밀면과 함께 씹히는 오이와 양배추가 기분 좋은 맛을 내고 끝에 오는 김 가루의 맛은 막국수의 맛을 더 풍부하게 해주는 것 같았다.

그리고 민혁은 아스폰 황제가 보는 앞에서 드디어 요리를 시작했다.

"이제 오랜 시간의 준비가 끝났습니다."

비장한 표정을 짓는 민혁!

아스폰 황제 또한, 비장한 표정으로 천천히 고개를 주억이며 머리에 씌우고 있던 가발을 벗겨냈다.

민혁은 자신도 모르게 물었다.

"그거 하이모오예요……?"

"하이모오? 그게 뭔가……?"

"아, 아닙니다."

순간 너무도 감쪽같았기에 머릿속으로 '가발은 하이모오예여~'라며 머리를 쓸던 중년의 아저씨가 생각났기에 했던 질문이다.

가운데가 훤히 벗겨진 아스폰 황제의 머리에서 빛이 나는 것 같다. 당장에라도 태양이 떠오를 것 같은 모습이었다.

민혁이 말했다.

"그 저주의 힘이 저를 암습하려 하는군요. 후우우우."

그는 거친 숨을 몰아쉬었다.

아스폰 황제는 실제로 자신들이 어떤 식으로 머리가 자라나게 하는지 모른다. 그저 민혁의 말이 진실되게 믿어질 뿐.

"그, 그렇게 나의 머리를 감싼 저주가 강한 건가?"

"대머리의 악마가 폐하의 머리 위에 떠 있습니다."

"……!"

"저를 노려보고 있군요. 탈모르!"

"예, 영주님."

코루와 민혁은 영락없는 사이비 사기꾼이 되어 있었던 것이다!

"어서 빨리 저놈을 몰아내라, 나는 신속히 놈이 뿌리는 저주에 맞서 요리를 준비할 테니!"

"예!"

그와 함께 코루가 리코더를 불기 시작했다.

삐리리리리리-

그 후에 코루는 목에 핏대를 세우고 외쳤다.

"자라나라! 머리머리!! 자라나라! 머리머리!!"

그리고 아스폰 황제는 경건한 마음으로 임했다.

참으로 남이 본다면 우스운 모습이었다. 가운데 머리가 벗겨진 채에 진지한 표정으로 임하는 아스폰 황제의 모습!

그리고 이어서 코루가 말했다.

"폐하."

"말하라."

"폐하도 함께 외치셔야 합니다."

"크, 크흠, 그런가."

그 요상한 주문을?

하지만 잠깐의 창피함뿐이라면 어디 대수겠는가? 이 저주에서 벗어날 수 있다면.

"자…… 라…… 나라…… 머리…… 머리……."

"더 크게!"

"자라…… 나라…… 머리! 머리……!!"

"더 크게에에에에!"

"자라나라!! 머리머리!!"

삐리리리리리리리-

"으어어어어, 자라나라, 머리머리이이이!!"

아스폰 황제는 심취하여 양팔을 벌리고 하늘 높이 외치기 시작했다. 그리고 민혁은 식은땀까지 뻘뻘 흘리는 연기를 하고 있었다.

아스폰 황제와 민혁의 눈이 마주쳤다.

그 순간.

"쿨러억!!"

민혁이 갑자기 서둘러 입을 막고는 몸을 돌려서 멀찌감치로 뛰어가더니 피를 토했다.

아스폰 황제가 경악했다.

"왜, 왜 그런가?"

"저주가 너무 강력합니다…… 쿨럭!"

피를 토하는 민혁을 보며 아스폰 황제는 경악에 경악했다.

하지만 곧 민혁이 말했다.

"하지만…… 해낼 겁니다…… 폐하의…… 폐하의…… 머리 카락이 자라날 수 있게…… 설령 죽는 한이 있어도요!! 쿨럭!"

그러면서 또 한 번 피를 토하는 민혁. 그는 일부러 볼을 세게 깨물었던 것이다.

하지만 이를 본 아스폰 황제는 감격했다.

'시, 실패해도 좋다.'

자신을 위해서 피까지 토하는 충직한 자라니. 또한, 이는 다른 제국의 사람이었기에 더 와닿았다.

그 순간, 민혁에게 알림이 울렸다.


[아스폰과의 친밀도가 상승합니다.]

[아스폰과의 친밀도가 상승합니다.]

[아스폰…….]

[아스폰 황제의 신뢰를 받게 되셨습니다.]

[아스폰 황제와의 친밀도를 최고치로 끌어올리는 데 성공하셨습니다.]

[퀘스트 보상이 더 좋아집니다.]


기존의 퀘스트 보상은 자그마치 100플래티넘이었다. 그리고 이름은 '아스폰 황제의 저주'였다.

한데, 지금 추가 알림이 들렸다.

['아스폰 황제의 저주' 퀘스트를 클리어할 시 500플래티넘과 황제의 보물 창고에서 세 가지 아티팩트를 선택할 수 있게 됩니다.]
[황제마저도 등쳐먹는 자 칭호를 획득합니다.]

민혁의 입이 쭈욱 찢어졌다. 아스폰 황제를 보자 그는 진심으로 감격한 표정이었다.

그러한 상태에서 민혁은 결국 요리를 만드는 데 성공할 수 있었다.

[미역국&두부조림을 완성하셨습니다.]
[레어 등급입니다.]
[손재주 1을 획득합니다.]
[명성 2를 획득합니다.]
[업적 포인트 200을 획득합니다.]

알림을 들으며 민혁은 생각보다 등급이 높게 나오지 않았음을 알 수 있었다.

하지만 이 정도만 되어도 괜찮았다. 레어 등급뿐이라도 아스폰 황제의 두발의 재생을 몇 배 가까이 촉진시키는 효과를 가졌다고 적혀 있었기 때문이다.

그리고 미역국과 두부조림이 아스폰 황제의 앞에 놓였다.

"헉헉……."

민혁은 거친 숨을 몰아쉬며 식은땀까지 닦아내고 있었다.

그리고 아스폰 황제는 미역국과 두부조림을 먹기 시작했다.

미역국의 국물을 한 수저 떠먹어 본 아스폰 황제는 눈을 크게 떴다.

'진하군…….'

이제까지 살면서 먹어보지 못한 맛이었다.

한 수저를 떠먹어 보던 아스폰 황제는 이어서 새하얀 밥을 퍼서 입에 넣은 후, 두부조림을 젓가락으로 잘랐다.

잘린 두부조림을 입에 넣어봤다. 매콤하면서도 짭조름한 맛의 두부조림의 맛이 입안에서 그의 혀를 황홀하게 해준다.

'세상에…… 황궁 요리사들보다 뛰어나도다.'

민혁에게 황궁으로 들어올 것을 제안하고 싶을 정도였다.

그는 새하얀 밥을 미역국에 말았다. 그다음 밥 위로 잘 익은 배추김치 하나를 얹어 먹었다. 뜨끈뜨끈한 국물과 아삭아삭한 김치가 어울려 기분 좋은 맛을 냈다.

눈을 감고 흐뭇한 미소를 지은 아스폰 황제가 허겁지겁 먹어치웠다.

심지어는 국물을 들어 올려 마시듯 한 상태에서 남아 있는 몇 톨의 쌀마저도 먹었다.

흐뭇하게 웃던 아스폰 황제. 그는 곧이어 머리가 뜨거워지는 걸 느낄 수 있었다.

그와 함께 그는 외쳤다.

"자라나라! 머리머리! 자라나라! 머리머리이이이!!"

그러자 놀라운 일이 벌어졌다. 가운데가 텅텅 비어 있던 아스폰 황제의 머리에서 빠른 속도로 머리카락이 재생되기 시작한 것이다.

그는 더욱더 외쳤다.

"타, 탈모르시여!!"

그는 지금 이 순간 그 누구보다도 탈모르의 위대함을 깨닫고 있었다.

"짐은 고맙고 또 감탄하였다네."

하루 만에 머리의 가운데가 풍성해진 아스폰 황제는 매우 감격스러운 표정을 짓고 있었다.

그와 함께 민혁에게 알림이 울렸다.

[퀘스트 '아스폰 황제의 저주'를 완료했습니다.]
[아스폰 황제의 보물 창고에서 아티팩트 세 가지를 선택할 수 있습니다.]

"진심으로 고맙네, 내 평생의 염원을 풀었어."

"해야만 하는 일을 했을 뿐입니다. 폐하가 기쁘시다니 저 또한 기쁩니다."

그치지 않고 민혁은 어떻게 하면 더 아스폰 황제의 호감을 얻을 수 있을까 고민하다가 말했다.

"폐하의 일은 무덤까지 가져가겠습니다. 아니."

민혁은 아리송한 표정이었다.

"저희 사이에 무슨 일이 있긴 했습니까? 저는 단지 뛰어난 요리사로서 맛있는 식사를 해드렸을 뿐이지요!"

"하하하하하!"

아스폰 황제는 그의 재치에 기분 좋게 웃어 보였다.

"자네와는 허물없이 지내고 싶군. 또한, 자네의 요리를 앞으로도 계속 먹고 싶어, 혹시 그러고 싶은데 되겠나?"

"조건이 있습니다."

"조건이라?"

아스폰 황제는 그에 미간을 좁혔다. 그가 보았던 민혁은 욕심이 없어 보이는 이방인이었기 때문이었다. 그런데 조건이라?

작은 실망을 하려던 때에 민혁이 말했다.

"형이라고 불러도 돼요?"

"하하하하하하! 형이라? 하하하하!"

아스폰 황제는 그에 호쾌하게 웃음을 터뜨릴 수밖에 없었다.

욕심을 부리는 것이 아닌, 형이라? 그저 자신과 가까워지고 싶어 하는 게 보였다.

그에 아스폰 황제가 말했다.

"그러도록 하게."

"혀엉~"

마치 '혀엉~♥' 같은 목소리였다.

아스폰 황제의 보물 창고를 3회 이용할 수 있는 기회를 부여받은 민혁은 크나큰 기대감을 품었다.

그가 막 걸음을 옮기던 때 알림이 울렸다.

**[아스폰 황제의 보물 창고에서 세 개의 아티팩트를 선택할 수 있습니다.]**

**[세 개의 아티팩트의 정보는 확인할 수 없습니다.]**

'음……?'

아티팩트의 정보는 확인할 수 없다?

분명히 안의 아티팩트들은 뛰어날 것이었다. 하지만 그중에서도 뛰어난 것들 세 가지를 가져가는 것을 막으려는 방편 같았다.

아니, 어쩌면 황제의 보물 창고를 이용하는 것 자체가 말이 안 되는 특혜라고 할 수 있다.

그러던 때였다.

[GM: 안녕하세요. 민혁 님. (주)즐거움의 강태훈 사장입니다.]

"……?"

민혁은 고개를 갸웃할 수밖에 없었다. 일반 운영자도 아닌 사장 강태훈이라?

[민혁: 네, 무슨 일이신가요?]
[GM: 다름이 아니라 민혁 님과 이야기하고 싶어서 연락드렸습니다. 가능할까요?]
[민혁: 알겠습니다.]
[GM: 잠시 운영자의 방으로 이동시켜 드리겠습니다.]
[민혁: 네.]

곧이어 민혁의 몸을 밝은 빛이 감쌌다.

그리고 그가 눈을 떴을 때, 보인 것은 정말 사장 강태훈이었다.

"반갑습니다."

"네, 안녕하세요."

사장 강태훈은 예의 바르게 인사를 하는 민혁을 보며 빙긋 웃어 보였다.

곧이어 그가 물었다.

"무슨 용무이신가요?"

강태훈의 이야기가 시작되었고 곧 모든 이야기를 들을 수 있었다. 높은 신성력에 따른 패치와 관련한 이야기였다.

민혁은 순순히 납득할 수 있었다.

'게임 회사가 다른 회사들과 다르네.'

기존의 게임 회사들은 패치할 때, 유저들이 더 안 좋게 패치한다.

하지만 힐의 퍼센트를 올려줌으로써 신성력의 효율성을 높이며 손해를 볼 수 있는 최고의 몇몇 유저들에겐 직접 협상을 한다.

그리고 성자의 검을 회수한다고 한다.

"아시겠지만 성자의 검은 본래는 뽑혀선 안 될 검이었습니다."

"너무 쉽게 뽑히던데요?"

"……."

그 말에 사장 강태훈은 목구멍 끝이 간질거렸다. 네가 사제들 전부 먹을 걸로 꼬셔서 신성력 4천 넘게 만들었잖아! 라는 말이 나오려고 한다.

하지만 어색하게 웃었다.

"하, 하하하하, 그, 그러게요? 그게 왜 그렇게 쉽게 뽑혔을까요? 왜일까요?"

"그러게요?"

"아무튼, 성자의 검을 회수할 생각입니다. 그리고 그와 비견되는 아티팩트를 대신 지불할 예정이고요. 그리고 판도라의 투구에 있는 두 배의 신성력 효과도 패치하고 그에 합당한 대가를 지불할 생각입니다."

사장 강태훈은 곰곰이 생각에 잠긴 민혁을 보았다.

이어서 민혁이 조건을 제시하기 시작했다.

사장 강태훈은 홀가분한 표정으로 특별 유저 관리팀으로 들어왔다.

"민혁 유저와의 이야기는 잘 끝냈다네."

"그런가요? 그가 요구한 건 뭔가요."

"먹을 것 말고는 욕심이 없더니, 확실히 그가 요구하는 건 그리 크지 않았다네. 성자의 검을 회수하는 대신에는 아티팩트 정보 확인이 불가능한 황제의 보물 창고에서 아티팩트 정보를 확인 가능하게 하는 거였네."

"그 정도라면, 괜찮군요."

황제의 보물 창고는 전설 아티팩트들이 득실거린다. 무엇을 뽑아도 대부분이 전설일 것이다.

하지만 그중에서도 더 좋은 것을 뽑을 수 있는 게 아티팩트 정보 확인이다.

"그리고 신성력에 대한 보상으론 흡수 전환 스킬을 사용할 때, 20% 추가 회복률이 붙게 하였고 그와 함께 사대천왕의 보물 중 두 개를 요구하였다네."

"사대천왕의 보물이라……."

그에 박민규 팀장이 고개를 주억였다.

그는 현재 사대천왕의 보물들을 모으려 하고 있었다. 그리고 반신 아티팩트 제작법을 적용하겠지.

하지만 박 팀장이 생각했을 때, 최소 4개월 이상 걸릴 확률이 높다.

'그는 고든의 SSS급 보물 상자를 이용해서 보물 하나를 추가로 얻어서 총 세 개를 가지게 되겠지.'

고든의 SSS급 보물 상자는 민혁이 열람하지 않아 정보가 오픈되지 않았지만, 그 효과는 원하는 아티팩트를 선택해서 가져오는 거다

즉, 정보가 풀려 있지만 얻기 힘든 아티팩트를 얻을 방법으로 이로써 민혁 유저는 벌써 세 개의 사대천왕의 보물을 모았다. 하지만 다른 하나의 보물을 모으는 데 최소 4개월 이상 소요될 거다.

사장 강태훈의 말이 이어졌다.

"마지막으로 마계의 탑으로 가는 정보와 함께 신성력에 따른 마족에 대한 공격력 50%, 방어력 50%를 1주일 동안만 유지해 줄 것을 약속하였네."

"마계의 탑이라……."

박 팀장이 고개를 주억였다. 그 역시 그렇게 과한 보상은 아니었다.

"민혁 유저도 사대천왕의 보물 때문이겠지요?"

"글쎄? 그건 아닌 것 같더군. 그는 마계의 층층을 클리어할 때마다 얻을 수 있는 세계의 먹거리 때문에 간다고 하던데?"

마계의 탑은 세계 모든 유저들이 모이는 만큼 특별하다.

그리고 그 안에서 신기록을 달성한 유저는 세계 각국에서 가장 유명한 음식 중 하나를 얻는다. 예를 들어 우리나라를 가정하면 불고기가 나오며, 일본이라고 가정하면 초밥과 같은

일식이 나온다.

'충분히 그다운 선택이군.'

그러다 박 팀장은 무언가 이상함을 깨달았다.

"헉……!"

"왜 그러나?"

"사장님…… 뭔가 이상하지 않습니까?"

"뭐가 말인가?"

사장 강태훈이 고개를 갸웃하자 박 팀장이 대답했다.

"민혁 유저는 신기록 보상으로 먹을 게 나오는 걸 어떻게 알고 있던 겁니까?"

"그야 당연히……."

말끝을 흐린 박 팀장의 미간이 좁혀졌다.

현재 마계의 탑에서 독보적인 신기록을 달성하는 유저는 단한 명이었다. 그는 거의 층층이 신기록을 달성하고 있었다. 바로 켄라우헬.

켄라우헬이 신기록을 달성하면 세계의 먹거리가 나오는 정보를 공개적으로 오픈했다? 아니, 아니다.

그럼 그는 어떻게 알고 있단 말인가? 마계의 탑을 오픈하기 전에는 절대 알 수 없는 정보였다.

그리고 그때, 이민화가 말했다.

"티, 팀장님. 큰일 났습니다!"

"……!"

"……!"

이민화와 강태훈 사장의 고개가 홱 돌아갔다.

"무슨 일이야?"

"미, 민혁 유저가 마계의 현자 아르벨과 접촉합니다."

"뭐, 뭐……!"

"무슨……!"

두 사람이 경악한 이유는 하나였다.

마계의 현자 아르벨은 마계의 탑의 공략 정보의 상당수를 알고 있었다. 또한, 마계의 현자 아르벨은 마계의 히든 NPC였다. 그러한 그는 무수히도 많은 난관을 헤치고 만나야 한다.

그런데 마계에 가자마자 1시간도 안 돼서 그를 만났다?

"이, 이건 민혁 유저가 아르벨에게 가는 방법을 알고 있었다는 것밖에 안 됩니다."

"도대체 어떻게 아는 거지? 그를 만나는 방법은 마계에서밖에 알지 못하는데."

그들은 의문이었다.

그리고 박민규 팀장은 생각했다.

'비록 우리에게는 순순히 합당한 요구를 제시한 것 같지만 어쩌면 그는 최대한의 조건들을 제시한 것일지도 몰라, 그는 손해 보지 않는 사람이니까…….'

곧이어 이민화가 안도했다.

"그래도 아르벨은 자그마치 레벨 635의 후작급 마족이잖아요, 절대 못 이겨요."

그로부터 마계의 탑의 공략 정보를 듣기 위해선 그와의 싸움에서 이겨야 한다. 민혁 유저가 지금 1.5배 방어력, 공격력 상승을 유지한다고는 하나 그는 절대 불가능한 사실이다.

강태훈 사장이 중얼거렸다.

"그래⋯⋯ 코니르가 함께여도 그건 절대 불가능한 일이지."

다행스러운 일이었다.

마계로 온 민혁은 '흐흐-' 하고 웃었다.

민혁이 황제 아스폰의 보물 창고에서 택한 아티팩트는 총 세 가지였는데, 대부분이 가신들을 위한 아티팩트였다.

이유는 간단했다. 민혁이 원하는 획기적인 요리 도구 같은 게 없었고 심지어 아무리 뛰어난 전설 아티팩트라고 해도 현재 착용한 검이나 방어구에 견주진 못했기 때문.

그랬기에 민혁은 콩이와 코니르의 위주로 아티팩트를 맞춰 줬다.

그리고 민혁은 사장 강태훈으로부터 얻은 마계의 탑으로 가는 길에 대한 정보를 얻었다.

또한, 그는 마계의 탑의 층을 신기록 갱신할 때마다 세계의 요리가 나온다는 것을 그레모리를 통해 알아냈다.

그레모리는 민혁이 해주는 요리를 먹을 때마다 마계의 맛있는 것에 대한 정보를 줬다. 그리고 마계의 탑의 신기록을 층마다 달성하면 세계의 먹거리가 나오는 것도.

하지만 마계의 탑으로 가는 정보는 주지 않았다.

그리고 그와 함께 얻은 정보. 마계의 현자 아르벨에 대한 정보였다.

신기록을 달성하기 위해선 아르벨이 필요했다. 레벨이 자그마치 630이 넘는다고 그레모리에게 들었다.

하지만 전부 방법이 있었다.

일단 마계로 이동한 민혁.


**[마계에 입장하셨습니다.]**

**[명성 30을 획득합니다.]**


그레모리의 말대로 움직이며 아르벨이 있는 터전으로 향했다.

그러면서 그는 인벤토리에 잘 들어 있는 걸 보며 흐뭇하게 웃었다.

그레모리에게 들었던 아르벨에 대한 내용.

그는 과거 인간계에서 인간의 음식을 맛보고 그 맛에 감탄하였다고 한다. 또한, 그는 상당한 미식가로 소문나 있다고.

그리고 두 번째.

'그는 술을 마시면 말이 많아진다.'

바로 그게 핵심이다.

계획을 세운 민혁은 곧바로 아르벨을 만나기 위해 걸음을 옮기기 시작했다. 마계는 대체로 해가 떠 있지 않아 어두컴컴한 편이었고 다양한 트릭과 눈속임 등이 있었다.

아르벨이 있다는 곳에 도달했을 때, 민혁은 개미지옥에 빠지기 시작했다. 그는 당황하지 않고 개미지옥으로 콩이와 코니르를 데리고 빨려 들어갔다.

그 순간.

"이곳에 발을 들이다니, 어리석은 자들이여."

음침한 목소리가 들려왔다.

그리고 알림이 들려왔다.

**[마계의 현자 아르벨을 만납니다.]**

**[레벨이 200 이상 차이 나는 몬스터입니다.]**

**[극도의 공포가 발현됩니다.]**

마계는 특별하게도 자신들보다 200레벨이 높은 자들을 만나면 경고가 울리는 곳이었다.

그 이유는 마계는 완전히 오픈되지 않은 미개척지였으며 심지어 이곳에선 인간계에 있던 마족들보다 통상적으로 1.3배 정도 놈들이 강했기 때문이다.

마족들의 경우 마계를 벗어날 시 풍족하지 못한 마기의 영향으로 인해 스텟 하락 효과가 발생했다. 즉, 인간계에선 민혁이 쉽게 사냥했던 400레벨의 마족이었다고 해도 이곳에선 500레벨의 힘을 발한다.

현자 아르벨은 붉은빛이 감도는 창을 들고 있었다.

"죽어라!!"

그 순간 아르벨의 창이 민혁을 향해 쇄도해 왔다.

'절대 못 이기는 상대다.'

민혁은 바보가 아니었다. 꼭 이길 수 있는지 없는지 부딪쳐 봐야 아는 건 아니었다.

그 순간, 민혁이 외쳤다.

"밥 먹고 합시다!!"


[반경 5m 내로 절대 무적의 배리어가 생성되며 그 안에선 절대 바깥의 적을 공격할 수 없습니다.]

[파티원, 길드원을 위한 요리를 해줄 시 높은 등급의 요리가 나올 확률이 상승하며 요리 버프 등급에 따라 만들어준 당사자는 버프 효과를 받습니다.]


빠른 속도로 투명하고 둥근 배리어가 5m 반경으로 생성되었다.

그리고 날아온 창이 직격했다.

콰아아아아아아앙-

배리어에 처박힌 창이 퉁겨 날아갔다.

분명히 깨지지 않는 절대 무적 배리어지만 큰 충격이 이어졌다.

쾅쾅쾅-!

아르벨이 매섭게 배리어를 후려쳤다.

"이딴 짓을 하다니, 비겁하구나."

민혁이 생각하는 수.

'밥 먹고 합시다는 나의 사용 방법에 따라 효과가 달라진다.'

스킬과 같은 건 때론 어떻게 사용하느냐에 따라 그 효율이 달라지는 법이다.

그리고 민혁이 말하기를.

"헤헤, 아르벨 님! 안녕하세요. 갑자기 공격하셔서 인사를 못 드렸는데, 저는 민혁이라고 합니다. 다름이 아니라, 아르벨 님이 엄청난 미식가라고 들었거든요. 식사를 대접해 드리려고 왔어요."

"개수작 부리지 마라!"

하지만 아르벨은 말을 듣지 않고 더욱더 강력하게 배리어를 후려쳤다.

콰아아아앙-

"저는 정말 아르벨 님과 싸우고 싶지 않습니다. 나약한 제가 어떻게 아르벨 님과 싸우겠어요?"

"개수작 부리지 말라고 했다……!"

아르벨은 화가 난 표정이 역력했다.

민혁은 한숨을 쉬며 어쩔 수 없다는 듯 불판을 꺼냈다. 그리고 불판으로 돼지갈비를 굽기 시작했다.

치이이이이익-

검은 양념을 머금은 돼지갈비가 불판 위에 올라가 황홀한 소리를 피워낸다.

그리고 그 냄새가 스멀스멀 아르벨의 코로 들어가기 시작했다.

'이 인간은 도대체 뭐지?'

다짜고짜 나타나 미식가인 자신에게 맛있는 것을 대접해 주고 싶다고 한다. 그러고는 자신과 말이 통하지 않자 정체 모를 고기를 굽기 시작했다.

'그때의 인간들 고기는 정말 맛있었어.'

과거 지상에 내려가 인간들의 음식을 맛본 아르벨은 경악했다.

이곳에서 먹는 요리라고는 마물의 날고기나 썩은 맛이 나는 마계의 식물들뿐이었다. 그와 다르게 인간계에는 돼지나, 소, 닭고기라는 게 있었고 채소에서도 썩은 맛이 아닌, 싱싱한 맛이 났다.

그리고 갑자기 코를 간질이는 냄새.

'아, 아니, 무슨 냄새가 이토록 내 마음을 흔든단 말인가······!'

아르벨은 경악했다. 달짝지근하면서도 무언가를 굽는 냄새가 식욕을 자극한다.

자신도 모르게 입가에 침이 절로 고인다.

앞의 사내는 정체 모를 붉은빛이 감도는 면에 그 고기를 한 점 올려서 후루루룹 먹고 있었다.

'정말 맛있겠군······.'

아르벨의 소원은 딱 하나가 있었다. 다시 인간계의 음식을 맛보는 것.

하지만 저자는 인간이다. 무슨 꿍꿍이를 가진지 알 수 없다. 그런데 그래선 안 된다고 머릿속에서 외치는데, 어느 순간 걸음이 그곳으로 향하고 있었다.

사내가 기름이 지글지글 끓는 양념이 된 고기 위로 양파절임을 올렸다. 그리고 입으로 가져가는 순간.

"머, 먹어보고 싶군."

말을 내뱉은 아르벨은 서둘러 정신을 추슬렀다. 이런, 저자의 간사한 속셈에 낚일 뻔했다.

그러다 이어 사내가 말했다.

"이 안에서는 서로 공격할 수 없습니다. 그러니 제가 나쁜 짓을 할 수 없겠죠? 어서 들어오세요. 어서요."

3대 악마의 속삭임보다 더 강력한 속삭임이었다.

"정말 그 안에선 서로 공격할 수 없다는 건가?"

"예, 잘 보세요."

사내가 검을 들어 올려 스킬을 사용하려 했다. 붉은빛이 검에서 넘실거리다가 그 효과를 발휘하지 못하고 저절로 흩어져 사라졌다.

'정말이군.'

대현자 아르벨. 그는 빠르게 생각해 봤다.

'저 안에서 공격이 불가능한데, 나한테 해코지를 할 리는 없어.'

대현자 아르벨인 자신에게 정보 한 가지쯤을 요구하려는 걸로 보였다.

'그래, 인간계의 음식을 맛본 게 언제야? 음식을 다 먹은 후, 저 배리어가 해제되면 놈을 죽여 버리면 된다.'

그는 흐흐하고 웃었다. 그리고 결국 걸음을 옮겨 배리어 안으로 들어갔다.

아르벨은 다시 확인해 보기 위해 창을 그에게 겨누려 했다. 그 순간 정체 모를 힘이 자신의 공격 자체를 통제했다.

'사실이었군.'

그렇다면 마음 놓고 먹어도 된다. 다 먹은 후, 인간 놈을 죽이는 거다.

그리고 사내의 입꼬리가 보이지 않게 쭉 찢어졌다.

안심한 아르벨은 허겁지겁 돼지갈비를 먹기 시작했다.

민혁이 그의 앞으로 조심스레 비빔냉면을 내밀었다.

"이건 돼지갈비라는 요리이고, 이건 냉면이라는 요립니다. 함께 먹어야 최고죠."

"흐흠, 그래 한번 먹어보도록 하지."

아르벨이 붉은빛이 감도는 면발 위로 돼지갈비 한 점을 올렸다. 그리고 그 상태에서 후루루룹 먹었다.

매콤달콤한 맛 끝에 오는 부드럽고 달콤한 식감을 가진 고기. 그 맛에 아르벨의 눈이 크게 뜨였다.

"저, 정말 맛있군."

그는 감탄에 감탄했다.

그렇게 허겁지겁 먹는 아르벨을 보며 민혁. 그는 마음이 저릿저릿했다.

하지만 아르벨을 통한 이 과정이 더 맛있는 것을 먹기 위한 길이기를 누구보다 잘 알기 때문에 할 수 있는 행위였다.

그리고 민혁이 품에서 무언가를 꺼냈다.

띠리리리릭-

뚜껑을 돌리자 이러한 소리가 났다.

바로 소주였다. 심지어 블루베리 맛 과일 소주이기도 했다.

"자자, 이것도 같이 마셔야 맛있습니다."

"이건 뭔가?"

"음료수인데, 이 음식들과 절묘한 궁합을 이루지요."

민혁은 부드럽게 웃음 지었다.

아르벨은 취하지 않기 위해 술의 권유는 피할 터.

하지만 과일 소주는 실제로 음료라고 해도 될 정도로 단맛이 강한 편이었다. 인간계의 음료를 많이 마셔보지 못한 아르벨이 믿을 확률이 높았다.

민혁은 글라스 잔에 술을 꼴꼴꼴 따랐다.

그리고 원샷을 해 보였다.


[모든 상태 이상으로부터 버텨낼 수 있는 만독불침의 육체를 가지고 계십니다.]


알림이 들려왔다.

민혁이 아무렇지 않은 표정을 짓자 아르벨이 글라스 잔에 가득 받았다. 그리고 마셔보더니 말했다.

"호오? 신기한 음료군, 첫맛은 달콤하고 목 넘김도 좋은데 끝맛은 알싸하고 씁쓸한 맛이 나."

"그것이 바로 이 음료의 묘미입니다."

"그렇군."

그러면서 의외로 맛이 좋은 건지, 글라스 잔으로 원샷한 아르벨이 말했다.

"한잔 더 주지."

"예."

한 잔이 두 잔이 되고 석 잔이 되고 네 잔이 된다.

그리고.

띠리리리리릭-

몇 병을 더 깐다.

"크흐, 정말 맛이 좋아, 고기도 좋고 이 음료도 좋아."

"하하하핫, 그렇죠?"

그렇게 계획대로 되고 있었다.

민혁이 열심히 아르벨에게 술을 권하고 있을 때, 코니르와 콩이는 슬그머니 배리어 바깥으로 나왔다.

그리고 코니르는 설레는 표정으로 끓기 시작하는 라면을 보았다.

"코니르!! 이번엔 성공한다!!"

"꾸울."

코니르의 라면 끓이기를 가르쳐 주기로 한 콩이는 양 팔짱을 끼고 진지한 표정으로 고개를 끄덕였다.

이내, 코니르가 라면을 끓여냈다.

그리고 모락모락 김을 피우는 라면.

한데, 곧이어 코니르에게 알림이 울려왔다.

**[1Lv 퀘스트 '최고의 라면 끓이기'에 실패합니다.]**

"……."

코니르는 슬퍼졌다.

이러한 알림이 울리는 이유는 그가 자체적으로 가진 '집념' 스킬 때문이었다.

집념 스킬을 가진 코니르는 한 가지 일에 집중하게 될 시, 집념이 발동하는데, 다양한 퀘스트가 나타나고 또한 그에 관련한 보상으로 스킬도 얻을 수 있다. 그것이 코니르라는 검성 NPC만이 가진 특혜였다.

그렇게 코니르가 슬퍼져 큰 눈망울을 글썽거리며 라면을 바라볼 때였다.

콩이가 다가왔다.

"꾸울."

괜찮다, 코니르.

"꿀꿀."

언젠간 너 또한 나의 경지에 이를 수 있을 것이니.

"꾸우울."

실패에 좌절하지 말거라.

"꿀꿀."

오늘 너에게 가르침을 주마.

"가르침?"

"꿀꿀."

가르침이란 말에 코니르가 반응을 보였다.

콩이가 고개를 끄덕였다. 그리고 한없이 진지한 표정으로 말했다.

"꿀꿀."

"잠시만 기다려보면 알 거라고?"

이어서 코니르는 끓여진 라면을 바라보며 기다렸다.

10분이 지난 후, 코니르는 눈을 크게 뜨고 있었다. 그리고 콩이는 뒷짐을 진 채 먼 산을 바라보듯 하며 작게 웃음 짓고 있었다.

코니르는 부들부들 온몸을 떨며 휘둥그레진 눈으로 라면을 보며 감탄했다.

"우…… 우아아아아아…… 라, 라면이 많아졌어!"

그에 콩이가 고개를 천천히 끄덕이며 다가와 그의 어깨를 툭, 툭 하고 두들겼다.

"꾸울."

이것이 바로 나의 가르침이었느니라.

가만히 있어도 라면의 양이 많아지는 가르침.

콩이는 어깨를 두들겨 주고 몸을 돌렸다. 그리고 마치 강호의 절대 고수처럼 뒷짐을 진 채 천천히 걸음을 옮겼고 표정은 마치 오래된 제자를 떠나보내듯 서글펐다.

그리고 그 뒷모습을 보는 코니르.

"코, 코니르…… 코, 콩이처럼 되고 싶다…… 코니르! 되고 만다!"

희한한 것에 콩이를 동경하게 된 검성 코니르였다.

민혁의 계획은 무르익어 가고 있었다.

"한 잔 더 따라봐."

꼴꼴꼴- 벌컥벌컥.

"크흐, 음료 맛 조오타! 내가 왕년에는 말이야!"

시작되었다. 어른들이 술에 취하면 하는 소리. 내가 왕년엔 말이야!

그리고 또 시작되는 일.

"그러니까 내가 왕년엔!!"

했던 말 또 하고, 또 하고, 또 하고.

"아주 잘나가던……! 어?"

항상 이야기의 시작은 왕년이고 그 틈의 이야기엔 아주 잘 나갔단다. 그러다가 끝내는.

"하……."

눈물이 그렁그렁한 표정으로 먼 산을 보다가 또르르 눈물 한 방울을 흘리고 훔쳐낸다.

"내 마족생이 왜 이렇게 된 거지……."

이때쯤에 민혁이 고개를 끄덕이며 인자한 표정으로 등을 토닥여 준다.

토닥토닥-

"괜찮아요, 다 그런 거죠. 인생…… 아, 아니, 마족생 뭐 있겠습니까."

"고맙군, 이렇게 위로라도 받으니 좋아."

"자, 한 잔 더 받으세요."

"그래, 자네 아주 괜찮은 사람이군. 이거, 이거……."

갑자기 그는 자신의 품속을 뒤지기 시작했다. 그러더니, 뭔가를 꺼내어 내밀었다.

"자, 이거 받아, 용돈이야, 용돈!"

끝내 마지막 단계에 이르면 용돈을 주는 단계까지 아르벨은 와버렸던 것이다!

민혁이 받자 알림이 울렸다.


**[210플래티넘을 획득합니다.]**


"……."

민혁은 멍한 표정이었다. 용돈으로 받은 게 자그마치 210플래티넘이다. 현금으로 환산하면 10억이었다.

눈을 게슴츠레 뜬 아르벨이 말했다.

"그런데 자네 요리는 정말 맛있더군, 세상에서 먹어본 요리 중 최고였어."

"감사합니다."

민혁이 부드럽게 웃음 지었다.

그러다 곧이어 골똘히 생각하던 아르벨. 그가 물어왔다.

"자네와 함께하면 이렇게 맛있는 걸 계속 먹을 수 있는 걸까?"

"그렇겠죠?"

"그으래?"

그 순간 아르벨이 품에서 뭔가를 또 꺼냈다. 그리고 글씨를 휘휘휙 적어나가더니, 민혁에게 주었다.

"그렇다면 자네하고 함께하겠네."

그 순간 알림이 울렸다.


[아르벨이 충성의 서약을 작성합니다.]

[1주일이라는 기간 동안 그는 당신을 공격할 수 없습니다.]

[충성의 서약이 효력을 발휘합니다.]

[충성의 서약은 자신보다 레벨이 높은 NPC가 맹세할 경우, 서약한 NPC의 능력치가 대폭 하향하게 됩니다.]


"……."

예상치 못한 변수였다.

[아르벨이 민혁 유저에게 1주일간의 충성의 서약을 작성합니다.]

특별 유저 관리팀 내부는 정적만이 감돌고 있었다.

사장 강태훈과 박민규 팀장, 이민화 사원은 무슨 말을 해야 할지 몰라 정적이 흘렀다.

먼저 침묵을 깬 것은 강태훈 사장이었다.

"하, 하하하하하, 하하하하하!"

그리고 이어서.

"하하하하하하!"

"호, 호호호호호호호!"

그들이 웃기 시작했다.

무슨 이런 말도 안 되는 경우가 있단 말인가? NPC를 술에 취하게 해서 꼬시는 유저라니?

"밥 먹고 합시다 스킬은 저러라고 있는 건 아닌데……."

하지만 자신의 방식대로 사용했기에 신의 한 수라고 볼 수 있었다 .

'밥 먹고 합시다'가 발현되는 순간, 절대 무적 상태가 되기 때문에 상대방과 이야기를 할 수 있었고 그로 인해 아르벨과 민혁 유저 간의 대화를 할 틈이 생긴 것이다.

"이거 이러다간……."

신성력을 패치했지만 그 이상의 효과를 민혁 유저가 창출할 수 있을지도 모른다.

잠시 생각하던 강태훈 사장이 말했다.

"그러고 보면……."

박민규 팀장과 이민화 사원의 시선이 그에게 돌아갔다.

"언젠간 민혁 유저는 마계의 탑을 올랐어야겠군."

"그렇죠."

박 팀장이 고개를 끄덕였다.

그 이유는 간단했다.

"식탐의 화신의 봉인을 해제할 방법이 그곳에 있으니."

TTBC의 고은아 기자는 방송사로부터 막대한 임무를 받게 되었다. 그것은 바로 이번 연도 아테네 '명예의 전당'에 오를 만한 유저 중 한 명을 스카웃하는 거였다.

명예의 전당.

명예의 전당은 아테네에서 누적 조회 수가 높거나, 시청자들의 가장 많은 추천 수를 받았거나 다양한 것들이 반영되어 나오는 최고의 플레이 영상이라고 할 수 있었다.

그리고 명예의 전당 자체는 아테네 공식 홈페이지에서 확인할 수 있었으며 1년에 한 번 1~10위까지의 명예의 전당의 유저들에게 보상이 주어졌다. 또한, 1~10위까지의 유저들은 그 플레이 영상 하나로 막대한 수입을 창출했다.

고은아는 투덜거리기 시작했다.

'에잇, 대머리 독수리 같은 자식!'

국장이 그녀를 엄청나게 쪼아댔기 때문이었다.

한 해가 거의 지나가고 있었다. 문제는 대한민국에서 이번 연도의 '명예의 전당'에 오를 만한 동영상이 나타나지 않았다. 반면 미국에선 두 개, 중국에선 세 개, 일본은 한 개, 프랑스는 두 개 등등이 올랐다.

국장은 열렬한 애국자였다.

'우리 대한민국에서 이번 연도에 명예의 전당 영상이 없다는 게 말이 되나? 수단과 방법, 조건을 가리지 말고 유저들 중에서 명예의 전당에 도전하는 이들을 섭외하게. 아니, 도전이 아니라 이번 연도에 명예의 전당 안에 들 수 있는 유저들 말일세!'

고은아는 자신의 머리를 헝클어뜨렸다.

이번 연도에 우리나라에서 명예의 전당에 오를 유저를 찾아라? 자신이 그랬으면 무당을 했겠지, 기자를 했겠는가?

국내에서 아테네를 플레이하는 유저의 숫자만 2천만 명이 넘는다. 그러할 때 그들 중 명예의 전당에 오를 이가 누구인지 어찌 아는가?

그에 그녀는 플레이 영상을 찍었을 시에 가장 높은 조회 수를 기록할 만한 이들을 추렸다.

[식신 민혁 유저]
[크레이지 프리스트 로크]
[검의 황태자 카르]

[용 테이밍 마스터 흑염소]
[사냥의 신 베로카르]

"아, 맞아. 흑염소가 아니라 흑염룡이었지?"

그녀는 볼펜으로 찍찍 긋고는 '흑염룡'이라고 다시 적었다.

그때 해설자들의 잘못된 해설로 인해 많은 이들이 그를 흑염룡보다는 흑염소로 인식하고 있었다.

그리고 문제는 이들 중, 카르와 사냥의 신 베로카르를 제외하고선 전부 귓속말이 가능한 코드 번호를 알지 못한다는 거다.

그나마 레전드 길드의 지니의 코드 번호는 방송국에 있기 때문에 연락이 가능했다. 즉, 길드 마스터 지니를 통해서 회유해야 했다.

그에 따라 고은아는 제안서를 작성했고, 지니를 통해 전달했다.

지니는 그를 전달해 주었으나 묵묵부답. 그녀는 또다시 작성해서 보냈고, 계속해서 보냈다.

그것이 몇 통을 넘어갈 때.

"역시……."

불가능이었다.

그에 마지막이란 생각으로 제안서를 작성한 그녀. 마지막은 '식신 민혁'이였다.

그에게 벌써 약 수십 통의 제안서를 보냈지만 묵묵부답. 안 될 것을 알기에 힘이 쭉 빠졌지만, 마지막 힘을 내서 작성하기 시작했다.

그리고 마침내 마침표를 찍었다.

[안녕하세요. TTBC의 고은아 기자입니다. 다름이 아니오라…… 생략…… 꼭 식사라도 대접하면서 이야기하고 싶네요. 연락 주세요.]

그리고 바로 30초 뒤. 갑자기 전화벨이 울렸다.

모르는 번호였다.

"네, TTBC 고은아 기자입니다."

[안녕하세요. 민혁이라고 합니다. 조금 전 주신 제안서를 보고 연락드립니다.]

"……!"

그 순간 고은아는 눈을 휘둥그레 떴다.

그녀는 떨리는 가슴을 주체할 수 없었다. 사실 고은아는 식신 민혁 유저의 팬이었기 때문이었다.

그녀는 식신 민혁 유저의 팬카페의 운영진 중 한 명이기까지 했다. 팬카페의 이름은 '먹고 죽어!'였으며 자그마치 회원 수가 50만을 넘어서고 있었고 매일 같이 다이어트를 시도하지만, 매번 무산되는 이들 태반이었다.

즉, 운동을 열심히 한 후에 아~ 오늘은 열심히 했으니 대견하다, 대견하니 치킨 시켜야지! 하는 이들이 많은 팬카페 클럽이라는 거다! 딱 팬카페도 민혁다운 곳.

그러다 그녀는 문득 생각했다.

'마지막 제안서에 뭐가 특별했던 게 있는 걸까?'

아니, 분명히 특별한 건 없었다. 이제까지 해왔던 조건들 제시와는 똑같았다.

그런데, 어째서 반응한 것일까?


[제안서에 보면 동영상으로 인해 창출되는 수익의 50%를 주신다고 되어 있네요. 맞나요?]


"네, 맞습니다!"

그리고 이어서 민혁이 말했다.


[만약 명예의 전당 촬영을 도전하기 위한 영상을 촬영하게 된다면 저는 90%의 수익을 요구합니다.]


"……!"

고은아는 눈을 휘둥그레 떴다.

아니, 방송사도 먹고 살아야 하지 않겠는가? 심지어 정말로 명예의 전당에 오른다면 어마어마한 광고 수익을 창출한다.

그런데, 이어 민혁이 말했다.


[싫으면 마시고요.]

"아, 아니요. 잠시만요!"

생각해 보면 TTBC는 명예의 전당에 유저를 올린 것만으로도 영상 송출이나 광고료를 제외한 값어치를 떠나고서도 요즘 떠오르는 방송사인 ATV를 밀치고 올라설 수 있다. 또한, TTBC의 이름 자체를 알리는 일이 될 테니 손해는 아니다.

다만.

'손해는 정말 안 보시네……'

민혁은 얻을 수 있는 이득을 최대한 창출하려 한다는 거다.

민혁의 말이 이어졌다.


[그리고 영상은 녹음 후에 편집된 영상을 먼저 제게 보내주세요. 검토 후에 제가 이 부분은 업로드를 원치 않는다고 할 시에 수긍해 주신다면 계약을 진지하게 고민해 보겠습니다. 그리고 추가적인 조건입니다.]


고은아는 마른침을 꿀꺽 삼켰다. 식은땀이 이마에서 날 것처럼 삐질거렸다.

곧이어 민혁이 말했다.


[만약 명예의 전당에 오르게 될 시에 TTBC 측은 책임지고 저에게 제가 만족할 만한 요리 재료의 정보나 혹은 특산물, 뛰어난 요리의 정보 세 가지를 주시면 됩니다.]

그에 요새 다이어트의 욕심에 빠졌지만, 매번 식신 민혁의 영상을 볼 때마다 무참히 실패하는 고은아는 감탄했다.

'아아아아! 역시 우리 민혁 님! 정직한 분! 아티팩트보다 먹는 것! 스킬북보다 먹는 것!'

물론 무조건 먹을 거라고 해서 민혁이 손해 보는 건 아니었다. 어마어마한 명약들과 같은 건, 실제로 영구적인 스텟 상승률이라는 이점 때문에 아티팩트들보다 값어치가 뛰어나니까.

"잠시 국장님하고 이야기 좀 하고 오겠습니다."

그리고 박대훈 국장이 그녀를 꽉 껴안았다.

"매일 밤에 야식을 시켜 먹길래, 왜 그러나 했더니, 민혁 유저를 섭외하려고였구만. 무조건 승인해!"

승인이 떨어졌다.

고은아는 민혁에게 이 기쁜 사실을 알렸다. 또한, 그의 행보가 중요했기에 물었다.

"지금 어디 계신가요?"

[마계의 탑 가려고요.]

"……!"

특종이었다. 아직까지 국내에 있는 유저 중 마계에 진입한 이들은 많지 않았다.

그런데 심지어 마계의 탑이라니?

'이거 진짜 명예의 전당 갈지도 모르겠는데?'

그러다 이어 민혁이 물어왔다.

[그런데요, 아까 전에 제안서 내용에 말씀하셨던 거 있잖아요.]

'제안서……?'

고은아가 고개를 갸웃했다. 곧이어 민혁이 말했다.

[식사라도 한번 대접하면서 이야기 나눴으면 하는 부분이요. 밥은 언제 사주나요?]

"……."

그 무수히 많은 조건 중에서 민혁이 연락한 이유가 드러나는 순간이었다.

마계의 탑.

마계의 탑은 총 50층으로 이루어져 있다. 또한, 이 마계의 탑은 일종의 압축된 마계였다.

그리고 이 마계의 탑은 아직까지 유저들이 사냥하지 못한 고레벨 몬스터들이 득실거리는 편이었으며 각 층층에는 시련이나 몹, 트릭만 있는 게 아니라 그 안에 마을이나 도시, 영지

등도 존재한다.

이 마계의 탑 앞에 선 세 사내가 있었다. 바로 블랙스톤의 멤버들이었다.

세 사람은 현재 마계의 탑의 28층에 도달한 켄라우헬로부터 훨씬 전부터 지시를 받았다.

그 지시는 간단했다.

'마계의 탑에 오르는 유저들을 관찰하고 죽여라.'

관찰이라 한다면 신기록을 세울 만한 이들의 경우 죽이고, 조무래기들은 내버려 두는 것을 뜻한다.

그리고 이것이 가능한 이유는 간단했다.

세 사람은 480레벨이 넘는 고렙으로서 프랑스, 러시아, 중국에서 최상위권 안에 드는 랭커 중의 랭커들로 한 대상을 죽이는 데 특화된 이들이었다.

그들은 이곳에서 켄라우헬에게 해가 될 듯한 이들을 제거 중이었고 그들이 떨구는 아티팩트도 쏠쏠히 챙기고 있었다.

대부분 마계의 탑에 오는 이들은 최소한 중상위 랭커들이다. 때문에 그들은 아주 행복했다.

그러다 프랑스의 로칸은 한 보고를 듣고 움직였다.

마계의 탑에 오르기 전에는 '마계 쉼터'라는 곳에 가게 된다. 그 마계 쉼터에서 파티를 맺거나 혹은 탑 퀘스트를 받는 편이었다.

그곳에 새로운 유저가 나타났다고 한다. 그에 그를 확인하러 가는 길이었다. 그리고 당연하겠지만 여의치 않는다면 당장에 죽이고 놈이 떨굴 아티팩트를 챙길 예정이었다.

프랑스의 로칸은 489레벨의 디버프의 사냥꾼이다. 적에게 디버프를 걸어서 능력치를 하향시켜 학살한다.

러시아의 루벤은 거너였다. 총을 사용하는 몇 안 되는 유저였는데, 저격 총으로 단숨에 적의 목을 꿰뚫는다.

마지막으로 중국의 진차오는 중국에서도 랭킹 1~2위를 왔다 갔다 하는 암살자 클래스였다.

그러한 세 사람이 마계 쉼터로 걸어갔다.

그러던 중, 그들은 한 소년을 볼 수 있었다.

"이번에는 꼭 성공한다!"

순박하게 생긴 정체 모를 소년은 쪼그려 앉은 채, 가스버너 앞에 앉아 있었다.

"이번엔 꼭 인정받는다, 난 해낸다!"

"……."

세 사람은 동시에 알았다. 저 녀석은 자폐아가 분명했다. 심지어 NPC로 추정된다.

어찌 여기에 있는지는 알지 못한다. 그저 거슬렸다. 자폐아에 심지어 마계 쉼터 앞에 있으니 굉장히 치워 버리고 싶었다.

마계 쉼터로 걸어 들어가려는 로칸이 터벅터벅 걸어가다가 발로 물 담긴 냄비와 버너를 걷어찼다.

탱그랑!

"저기 가서 놀아라, 더러운 꼬마야."

"너무 그러지 마십쇼. 장애인은 사랑으로 보듬어줘야죠, 크큭."

"크크크큭, 이제 울면서 달려드는 거 아닙니까?"

하지만 로칸은 그런다면 단숨에 죽일 생각이었다.

그리고 그때, 소년이 몸을 일으키며 자신이 쥐고 있던 나무 젓가락을 들며 말했다.

"나 화났다, 나 매우 기분 나쁘다!!"

"푸하하하하하하! 네깟 게 화났으면 어쩔 건데?"

"이 아저씨들을 그 젓가락으로 찌르기라도 할 거냐?"

그들이 껄껄 비웃었다.

소년이 물었다.

"라면에 면부터 넣어, 수프부터 넣어?"

그에 루벤이 장난스레 답했다.

"당연히 물부터지."

"……!"

그에 소년이 부들부들 몸을 떨었다.

"저, 정답을 맞췄다…… 헉…… 대, 대다나다!! 천재!! 우아!!"

소년이 엄지를 치켜세우며 진심으로 감탄한 표정을 지었다.

"크흐흐흐흐, 진짜 정신 나간 놈이군."

"그럼 안성탕탕면이야, 씬라면이야?"

"라면은 몸에 안 좋다, 꼬마야."

그 순간 소년의 입가에 웃음이 맺혔다. 그리고 소년이 들고 있던 나무젓가락을 던졌다.

"틀렸어!! 라면은 뭐든 맛있는 거야!!"

애들 장난 같다고 루벤은 생각했다.

바로 그 순간.

푸직-

생각을 끝마칠 새도 없이 나무젓가락이 목에 틀어박혔다.

[급소를 공격당하셨습니다.]
[치명타를 입으셨습니다.]

"컥!!"

루벤이 자신의 목을 부여잡았다. 목에 틀어박힌 나무젓가락을 빼내려고 했지만 뽑히지 않았다.

그 순간 알림이 울렸다.

[유니콘의 무기에 당하셨습니다.]
[빼기가 쉽지 않습니다.]

'이, 이게 유니콘의 무기라고?'

유니콘. 전설 속의 몬스터였다. 그런데 이 나무로 만들어진 젓가락이 유니콘의 무기라?

그리고 그 순간, 코니르가 손을 휘저었다.

우우우욱-

나무젓가락이 뽑히고 붉은 피가 루벤의 목에서 솟구쳤다.

한 번의 공격에 자그마치 40%가 넘는 HP가 감소했다.

"크헉, 이, 이런 말도 안 되는……!"

루벤은 이 말도 안 되는 상황에 경악할 수밖에 없었다.

"이 빌어먹을 꼬맹이 놈이!!"

디버프 사냥꾼 로칸이 자신의 해머를 꺼냈다. 그리고 있는 힘을 다해 해머를 바닥에 내려쳤다.

콰아아아앙-

[디버프의 망치]

[충격파에 당한 지정된 한 존재의 모든 능력치가 30% 하락합니다.]

땅에 균열이 쩌저적 가며 검은 기운이 소년을 향해 쇄도해 갔다. 그 순간, 소년의 손으로 회수된 붉은 피가 맺힌 나무젓가락의 모양이 빠르게 변화했다.

그는 다름 아닌, 뜰채였다.

"······?"

"······?"

"······?"

세 사람은 동시에 말문을 잃었다.

그리고 이어서 소년은 자신에게 뻗어져 오는 디버프의 망치를 보며 뜰채를 들고 춤을 추며 노래를 불렀다.

"후루룹 짭짭 후루룹 짭짭! 맛 좋은 라면!! 꼬불꼬불 꼬불꼬불 맛 좋은 라면!"

그 노래는 성인 공룡 둘니에서 나이콜이라는 흑인이 부른 노래였다.

그에 로칸이 말했다.

"이 미친 꼬맹이가……!"

그리고 그 순간.


[좌절의 검무]

[살육자가 추는 춤을 본 모든 유저들의 공격이 무효화되며 이를 본 자들은 좌절합니다.]


갈라진 땅에서 흘러나오던 검은 기류가 스르르 사라졌다.

"……헐?"

"……미친!"

그들은 말문을 잃을 수밖에 없었다.

거기서 끝이 아니었다. 소년이 뜰채를 휘두른 순간이었다. 촘촘한 구멍들 사이에서 흘러나온 강력한 힘들이 검은 검기를 형성시키며 쇄도했다.

"미, 미친……!"

"거, 검기가 아니라, 뜰기냐?"

그들은 경악할 수밖에 없었다.

발 빠르게 로칸이 움직였다. 로칸이 들고 있는 '디버프 전사의 해머'의 경우 강력하게 내려치면 공격을 한 번에 무효화시킬 수 있는 최상급 스킬도 내재되어 있었다.

수십여 개의 검기 중 하나를 내려치기 위해 팔을 번쩍 들어 올린 순간이었다.

쐐에에에에에엑!

갑자기 뻗어져 오던 검기의 궤도가 변화하며 그의 몸 곳곳을 꿰뚫었다.

푸푸푸푸푸풋-

"크하아아아아아악!"

루벤이 비명을 토해냈다.

디버프 사냥꾼은 일반 직업군보다 훨씬 더 HP 획득량이 많은 특별한 직업군이었다. 그런데 그 순간 HP가 자그마치 50%가 하락했다.

그리고 코니르의 뜰채가 또 한 번 변화했다. 이번에는 집게였다.

그의 아티팩트가 계속 변화하는 이유는 얼마 전 고마운 민혁이 선물해 준 '유니콘의 신비한 무기' 때문이었다.

이 유니콘의 신비한 무기는 민혁이 황제의 보물 창고에서 받은 세 가지 아티팩트 중 하나였다.

**(유니콘의 신비한 무기)**

등급: 전설

제한: 가신 전용

공격력: 851

특수 능력:

• 5대 스텟을 16% 상승시킨다.

• 착용자가 원하는 무기로 변화한다.

• 착용자가 보유한 스킬과 변화된 무기에 적용되어 스킬이 발현된다.

• 가신의 HP가 10% 미만으로 하락할 시 저절로 가신의 방으로 소환된다.

• 엑티브 스킬 유니콘의 분노

설명: 아스폰 황제의 보물 창고에서 획득한 전설의 무기이다. 유니콘은 콜로디스 제국의 수호자이다.


사용자가 원하는 형태의 무기로 변화한다. 또한, 변화한 형태의 무기에 맞게 스킬 또한 변형된다.

스킬 중에서는 상당한 것들이 착용한 아티팩트에 따라 사용 불가와 가능이 나누어지는 경우가 있다.

그 대표적인 예를 들면 검을 들고 있어야 검기를 사용할 수 있는 게 보편적이다. 물론 특별하게 그러지 않은 경우도 있긴 했지만 말이다.

그리고 조금 전 소년, 즉 코니르의 뜰채에서 시전된 힘은 폭주의 아이라는 검기를 수십여 가닥 발산시키는 힘이었다.

"라면에 치즈 넣을 거야, 떡 넣을 거야?"

서서히 다가오는 소년을 보며 그들이 서둘러 파티창으로 대화를 나누었다.


[파티 채팅 루벤: 거미탄을 발사하겠습니다.]

[파티 채팅 로칸: 저는 사냥꾼의 폭주를 사용하도록 하죠.]

[파티 채팅 진차오: 저는 독왕의 살의 연을 사용하겠습니다.]

세 사람이 고개를 주억였다.

도대체 저 꼬맹이 놈이 정체가 뭔지는 모르겠지만 일단은 놈을 속박하고 가장 강력한 단일 스킬을 사용해야 한다.

"응? 치즈 넣을 거야, 떡 넣을 거야?"

"라면엔 당연히 치즈다!!"

그렇게 외치면서 루벤이 리볼버를 당겼다. 그 순간, 리볼버 끝에서 하얀빛이 서리더니 허공으로 터져 나갔다.

허공으로 터져 나간 둥그런 하얀 구.

하얀 구는 허공에서 터져 그물을 형성시키고 속박되는 순간 모든 스킬을 사용할 수 없게 통제해 버린다.

철컥-

이어서 루벤의 다른 손에도 리볼버가 생겨났다. 놈이 피할 수도 있으니 그전에 압박을 가한다.

타타타타타타타타탕-

총구에서 불꽃이 튀며 수십여 발의 총알이 날아갔다.

하지만 소년이 달려가며 외친다.

"틀렸어, 둘 다 넣으면 되지!"

"미친, 꼬맹이 새끼, 네놈도 끝이다!"

거미줄의 영향력을 벗어나기 위해 돌진하는 소년. 결국, 소년은 총탄에 의해 벌집이 될 것이라 믿었다.

그렇게 믿었건만. 소년의 몸에서 강력한 힘이 깃들었다.

이어서 소년의 스킬이 발동되었다.

[검성 무적]
[적의 공격을 받을 시 80~90%의 대미지를 돌려주며 15분간 지속됩니다. 또한, 적의 공격을 받을 시 5% 확률로 10~13%의 회복이 이루어집니다.]

소년이 앞으로 돌진하면서 쏘아 보냈던 거미탄은 무용지물이 되었다.
그리고 수십여 발의 총알을 향해 달려드는 소년을 보며 죽을 거라 예상한 순간이었다.
퍼퍼퍼퍼퍼퍼펏-
"커허억!!"
거너 루벤이 총알에 맞은 것처럼 충격을 입으며 몸을 들썩였다. 그러더니, 이내 빠르게 하락하는 HP를 보았다.
소년을 보자 총알에 맞은 부위가 빠르게 회복되고 있었다.
'이, 이런 미친……!'
그리고 끝끝내.

[파티 채팅: 루벤이 강제 로그아웃 당했습니다.]

하지만 파티원 루벤이 죽었다는 사실에 절망하기보다 그들은 자신들이라도 살아남아야겠다는 생각이었다.

'저 스킬은 도대체 뭐지?'

몸에 직격하는 순간, 적의 피해가 거의 없었다. 반대로 루벤의 경우 자신이 공격해 놓고 로그아웃을 당했다.

물론 루벤의 경우 목을 나무젓가락에 관통당했기 때문에 HP량이 적기는 했다.

심지어 소년의 몸의 상처가 다시 회복되었다.

"이거, 도, 도대체 뭐 하는 새끼야!"

집게를 들고 맹렬히 달려오는 소년을 향해 진차오가 독왕의 살의 연을 발현했다.

독왕의 살의 연. 수백여 개의 급소를 향해 날리는 장침이었다. 장침에 맞는 순간, 치명타가 터진다. 이는 광역 스킬이기도 하였지만, 단일 최고의 스킬이기도 했다.

피피피피피피피피핏-

수백 개의 장침이 매서운 속도로 소년에게 쇄도했다.

'장침은 공격력은 강하지 않지만, 급소에 박히는 순간 어마어마한 치명타 효과와 독 효과를 발휘하지……! 이번엔 견딜 수 없을 거다!'

그렇게 결론을 내린 진차오.

태태태태태태태탱.

장침들이 소년의 몸에서 튕겨 나갔다.

푹-

그러다가 하나가 박힌 순간.

[치명타가 터졌습니다.]

[마비 독이 효과를 발휘합니다.]

[적의 움직임이 둔해집니다.]


"아야, 벌레가 물었어. 벌레 나빠!"

"……."

"……."

달려가던 진차오는 황당해졌다.

'벌레라고?'

자신의 최고의 스킬인 독왕의 살의 연.

독 효과까지 발휘하는 이 수백 개의 장침이 발하는 독은 랜덤으로 발동된다. 살을 녹이는 독이 발동될 때도, 마비를 시키는 독이 발동될 때도 있다. 저 괴물 같은 놈에겐 마비 독이 제격이었다. 그 틈에 놈의 목을 베어낸다.

그리고 역시나, 소년이 달려오다 우뚝 멈췄다.

'역시……!'

진차오와 로칸이 눈을 맞췄다. 두 사람이 빠르게 쇄도했다.

그 순간 부르르르 몸을 떨던 소년.

그가 외쳤다.

"코, 코니르. 배 아프다! 화장실 가야 한다! 형이 배 아프면 화장실 가라고 했다……!"

"컥?"

"허억!"

마비가 걸리지 않았다?

그들은 몰랐지만, 키메라인 소년. 코니르도 만독불침과 같은 효과를 가지고 있는 것이다.

이어서 날아가던 나머지 장침들이 소년을 공격하고.

피피피피피핏-

탱탱탱!

몇 개는 퉁겨 나갔지만 몇 개는 소년에게 틀어박혔다.

그 순간.

푸직!

[공격이 반사됩니다.]

[화독에 당하셨습니다.]

[피부가 타는 듯한 뜨거운 고통을 느낍니다.]

"크아아아아아아악!"

진차오가 비명을 토해냈다. 소년의 몸에 장침이 박혔던 부위. 그 부위가 타들어 가는 것 같았다.

그 순간, 어느새 당도한 소년이 집게를 휘두르고 있었다.

"집게 거대화!!"

콰아아아아아앙!

직격당한 진차오가 뒤로 날아갔다.

'말도 안 되는 괴력이잖아……!'

세상에 집게에 맞았다고 날아가다니?

심지어 소년의 말처럼 집게 거대화가 이루어지지 않았다.

소년이 곧 시무룩해졌다.

"난 왜 형처럼 거대화가 안 되지?"

갑자기 골똘히 고민에 빠진 소년.

날아가던 진차오는 자신도 모르게 말했다.

"도대체 저놈은 뭐야! NPC 같은데, 저런 놈을 데리고 온 놈은 누구란 말이야!"

"나다, 이 씹자석아."

"……"

그리고 그가 날아가는 지점에서 목소리가 들려왔다.

"프라이팬 거대화."

'프, 프라이팬 거대화……?'

그 소리와 함께 진차오는 고개를 돌리기도 전에 느껴지는 강력한 충격파를 느낄 수 있었다.

콰아아아아앙-

날아가던 진차오가 그대로 다시 한번 야구공처럼 반대편으로 날아갔다.

"커허어억!"

진차오가 비명을 토했다. 그리고 바닥을 구르는 진차오는 HP가 밑바닥까지 하락한 걸 볼 수 있었다.

로칸이 고개를 돌렸을 때, 투구를 쓴 거대한 프라이팬을 착용한 사내가 말했다.

"니들이 내 동생 괴롭혔나?"

바로 민혁이었다.

"……!"

"……!"

그들은 알 수 있었다. 나타난 것은 프라이팬 살인마였다.

"혀엉~"

코니르가 민혁의 옆으로 뛰어와 폴짝폴짝 뛰며 좋아했다.

민혁은 갑작스럽게 대현자 아르벨과 동행하게 되자 설마 영원한 가신이 되지는 않겠지? 라는 생각을 하며 피곤함에 접속 해제를 한 후, 방송사와 이야기를 하고 접속했었다.

접속한 후, 그는 마계의 탑에 오르기 위해 마계 쉼터로 왔었다.

마계 쉼터에서 민혁은 아르벨과 이야기를 나누고 있었고 그러다가 오르기 전 또 한 번 로그아웃했다.

코니르의 경우 라면 공부를 하겠다며 남았다.

다행히도 유니콘의 신비한 무기에는 가신의 HP가 10% 미만으로 하락할 시에 저절로 가신의 방으로 가는 특수 효과가 붙어 있었다. 이 가신의 방으로 가는 것은 아주 특별한 아티팩트에나 붙어 있는 편이었다.

그에 안심하고 로그아웃하고 다녀왔건만?

민혁은 코니르가 남에게 해를 끼칠 아이라고는 생각되지 않았다. 코니르는 가끔 시끄럽고 혼잣말을 많이 하지만, 남에게 피해를 입히는 성격이 아님을 누구보다 잘 안 것.

그리고 오자마자 엎어진 가스버너와 냄비를 보고 얼핏 눈치 챘다. 저들이 먼저 코니르를 건드렸다는 사실을.

"프, 프라이팬 살인마…… 네, 네놈…… 케, 켄라우헬 님이 네놈을 가만두지 않을 것이다!"

'켄라우헬?'

그 말을 듣고서 민혁은 알 수 있었다.

켄라우헬. 아테네:한국전에서 카르를 비롯한 몇몇 길드원들을 조종했으며 이제까지 계속 레전드 길드와 자신에게 압력을 가해왔다.

민혁의 등장과 함께 그들은 그것이 그의 '함정'이라고 착각하고 있었다.

진차오가 스리슬쩍 눈치를 보며 독왕의 표창을 준비했다. 그리고 빠르게 프라이팬 살인마를 향해 날렸다.

우우우웅—

독왕의 표창이 순간적으로 수십여 개로 변화하며 마치 자아가 있는 것처럼 자유자재로 움직였다.

직격하는 순간 단숨에 HP를 하락시킨다.

그 순간.

꾸울—

콩이가 소환되었다.

소환된 콩이는 안에서 전투 준비를 가하고 있던 것인지 헤파스의 냄비를 투구처럼 쓰고 있었고 뒤집개와 양은냄비 방패를 들고 있었다.

"진짜 이놈 주변으로는 제정신인 놈이 없군……!"

그 순간, 민혁이 말했다.

"콩아, 절대 방어."

"구울!"

[절대 방어]
[2초간 콩이와 주인에게 그 어떠한 공격도 허용되지 않습니다.]

절대 방어를 사용한 민혁은 바람 같은을 사용해 수십여 개의 독창의 틈을 접어서 어느덧 진차오의 바로 앞에 서 있었다.

푹-

"커헉!"

목이 꿰뚫린 진차오가 천천히 쓰러졌다. 그리고 검은 화면이 보였다.

그치지 않고 로칸이 망치를 힘껏 들어 올렸다. 들어 올려진 망치에 붉은빛 선혈이 내려쳤다.

쑤와와아아아악-

[저주의 망치]
[땅에 가격하는 순간 육체가 폭발하여 기본 대미지의 5배 대미지를 입힙니다.]

말 그대로 자폭 기술이었다.

하지만 그 순간, 빠르게 코니르가 움직였다.

"우리 형 괴롭히려고?"

코니르가 들고 있던 집게가 검으로 변화했다. 그리고 3장, 울부짖는 아이를 시전했다.

곧이어 아까 전 뜰채로 했을 때와는 비교도 되지 않는 어마어마하게 강력한 검은 검기 가닥 수십여 개가 쏘아졌다.

핏핏핏핏핏핏핏-

수십여 개의 검기 가닥에 온몸이 베인 로칸은 결국 망치를 땅에 내려치지 못한 채, 검은 화면을 봐야 했다.

그리고 그 순간, 민혁의 목소리가 들려왔다.

"켄라우헬에게 전해."

그 목소리는 매우 차갑고 낮게 가라앉아 있었다.

"내가 올라갈 테니, 기다리라고."

그리고 캡슐에서 빠져나온 로칸. 즉, 금발의 짧게 친 머리의 프랑스인인 피에르는 다급해질 수밖에 없었다.

그는 곧바로 한 사내에게 연락을 취했다.

마계의 탑 28층.

수많은 마족의 시체가 산을 이루고 쌓여 있었다. 그 시체 틈을 소름 끼칠 정도로 무표정하게 걷고 있던 켄라우헬.

그에게 귓속말이 왔다.

[로칸: 켄라우헬 님, 마계 쉼터에 프라이팬 살인마가 나타났습니다.]

"……."

평소 무표정을 고수하는 켄라우헬조차도 표정이 변화할 정도로 놀라운 메시지였다.

매번 자신의 일을 망치는 놈.

또한, 놈에게 셋의 길드원이 당했다는 말을 들을 수 있었다. 그에 켄라우헬이 지시를 내렸다.

[켄라우헬: 지금 당장 블랙스톤의 두 명의 군주에게 이 사실을 알려라.]

두 명의 군주. 그들은 블랙스톤에서 특별한 특성을 가지고 있는 자들이었다.

군주라는 전설 클래스는 하루에 20명이 넘는 인원을 언제든 소환할 수 있었다. 또한, 군주의 곁에만 있어도 길드원들은 경험치 10% 효과를 비롯해 모든 스텟 5% 버프를 받는다.

거기에 더해져 두 명의 군주는 블랙스톤에서 두 사람 모두 거대 길드를 이끌고 있었다.

대한민국의 4대 길드? 그곳의 길드 하나와 맞먹는 전력. 아니, 그 이상이라고 할 수 있었다.

[켄라우헬: 그리고 두 명의 군주에게 정예들을 이끌고 마계 쉼터에 집결한 후, 놈을 추격해 죽이라고 알려라.]

놈은 이곳까지 올라오지 못할 것이다.

놈이 자신의 신기록을 갈아치울 게 두려워서 놈을 막는다? 아니, 그저 성가셨기 때문이었다.

피식—

웃음 지은 켄라우헬이 다시 걸음을 옮겼다.

민혁은 다시 마계 쉼터 안으로 들어왔다.

마계 쉼터 안은 하나의 커다란 식당처럼 생겼다. 그 안의 몇몇 유저로 추정되는 이들도 보였으며 마족들 또한 보였다. 이곳 마계 쉼터의 마족들은 상당히 호의적이었다.

그리고 민혁의 앞으로는 현자 아르벨이 앉아 있었다.

"하하하하, 이거 너무 맛있군."

아르벨은 현재 코니르가 끓인 라면을 먹고 있었다. 뿔이 커다랗게 솟아난 아르벨이 라면을 먹는 모습은 참 가관이었다.

그리고 민혁은 마음이 아팠다.

'저 식충이……!'

아르벨은 먹을 걸 정말이지 좋아한다. 그 때문에 문제였다. 한 번씩 먹는 걸 보면 민혁은 가슴이 저릿저릿했다.

그러면서 아르벨의 정보창을 확인했다.

(아르벨)

등급: 전설

종류: 충성의 서약(페널티 적용 중)

레벨: 637(547)

공격력: 6,461(5,261)

방어력: 4,374(3,973)

특수 능력:

• 패시브 스킬 현자의 지식

• 엑티브 스킬 현자의 포션 제조

• 엑티브 스킬 마룡창술

잠재력: 151

경험치: 13%/100%


아르벨은 현재 민혁보다도 월등히 높은 레벨의 NPC였다. 그 때문에 충성의 서약의 페널티가 발생하였고 '()'안의 것들이 현재 발휘할 수 있는 힘을 뜻한다.

하지만 그마저도 어마어마한 수준이라고 할 수 있었다.

그리고 민혁은 그가 작성해 준 표를 건네받았다. 표에는 매 층에 있는 신기록을 달성했을 시의 보상이 적혀 있다.


[1층 신기록 보상: 1층을 통과하면서 얻은 경험치만큼을 추가 획득. 먹거리 보상: 이탈리아 피자와 까르보나라 스파게티.]

[2층 신기록 보상:신비한 스크롤. 먹거리 보상: 불고기전골.]

[6층 신기록 보상:명성 200 획득. 먹거리 보상:초밥과 우동.]

[8층 신기록 보상: 마족 백작 나들르의 보랏빛 귀걸이. 먹거리 보상: 베트남쌀국수.]

[13층…….]

[17층…….]

[23층…….]


민혁은 보상 하나하나를 확인하면서 흡족한 미소를 지었다.

그리고 지금 적힌 표에 따른 것에 대한 특별한 점들을 몇 가지 발견했다.

"10층마다 아티팩트의 보상이 나오네?"

"10층까지 도달한 것 자체가 칭찬할 만한 일이지, 또한 그러한 10층에서 신기록을 달성하면 더 특별한 보상을 준다고 생각하면 된다네."

민혁은 고개를 주억였다.

그리고 또 다른 의문점.

"왜 모든 층의 정보가 없는 거야?"

"나는 마계에서 현자라고 불리지만 마계의 탑의 제작에 직접적으로 관여한 것은 아니니까."

"그러면 다른 탑의 정보는 얻을 수 없나?"

"아니, 있지."

아르벨은 자신만만한 표정이었다.

지금 민혁과 아르벨의 관계는 거의 '거래 관계'에 가까웠다.

아르벨은 민혁이 맛있는 것들을 줄 때마다 술술 정보를 토해 냈다. 그러면서 주지 않으면 정보를 뱉지 않으니. 민혁으로서 는 정말 당장 목을 베고 싶은 놈이었다.

하지만 작은 손실로, 큰 이득을 취할 수 있다.

지금 현재 탑 곳곳에 신기록 보상으로 숨겨져 있는 어마어 마한 먹거리 보상들을 보라! 정말이지 군침이 돌고 맛있는 것 투성이였다.

1층 보상은 이탈리아에 가면 꼭 먹어야 한다는 피자와 스파 게티다. 그리고 2층은 불고기전골로, 우리나라의 음식이었다. 6층은 초밥과 우동. 누구든 알겠지만 일본이다. 대표 음식이라 고는 하지만 사람들이 흔히 좋아하는 세계 음식이기도 하였다.

"그게 뭔데?"

"바로 탑의 제작자를 통해 정보를 알아내면 된다네."

"탑의 제작자?"

"그래, 탑의 제작자. 그리고 이곳에도 바로 탑의 제작자가 있지."

"호오?"

민혁은 고개를 끄덕였다.

아르벨은 사실 남들이 생각했을 때, 정말 싼값에 부리는 고 레벨의 히든 NPC였다.

생각해 보라, 라면이나 혹은 작은 먹거리들로 마계의 대현 자 아르벨을 부릴 수 있다는 사실은 그 누가 들어도 경악할 만 한 일 아니겠는가. 심지어 탑의 제작자라는 정보 자체도 아르 벨이 있으니 얻을 수 있는 정보.

"바로 저기에서 술을 진탕 마시고 있는 마족이라네."

아르벨에게 들은 정보에 따르면 마족은 두 가지 분류로 나뉜다. 싸우는 것을 좋아하지 않는 '평화족'과 싸우는 것을 선천적으로 좋아하는 '전투족'이었다.

그리고 아르벨의 설명에 따르면 대륙을 침공한 존재들은 전투족이라고 했다.

평화족들은 대부분 저렇듯, 일상적인 삶을 살아가는 걸 원했다. 저렇게 술을 진탕 마시는 것처럼 말이다.

"저자는 탑의 모든 설계를 알고 있지."

"오호."

그 말은 간단했다. 그로부터 나머지 탑의 정보 조각을 얻을 수 있을 거다.

"저자를 통해서 어떻게 정보를 알아낸다는 거지?"

"간단하지, 탑을 만든 제작자들은 엄청난 자긍심을 가지고 있지, 실제로 수십 년이 넘는 시간 동안 탑의 40층을 넘어간 이는 없을 정도이니까. 그러니, 탑을 우습게 본다면 그가 내기를 걸어올 걸세. 그는 내기를 좋아하기도 하니까."

그에 민혁이 한숨을 쉬었다.

"저 그런 거 잘 못하는데요."

평소 예의가 바른 민혁이었기에 그런 것은 별로 해본 적이 없었다.

"잘난 척 같은 거 말인가?"

"예."

"하지만 해야지 않겠나? 자네가 원하는 맛있는 걸 먹으려면."

"휴, 그렇긴 하네요."

민혁은 정말 이런 것에는 젬병이었다.

라면을 끓이던 코니르와 그 라면을 몇 그릇째 먹어치우던 아르벨, 그리고 라면에 밥을 말아서 먹고 있는 콩이가 집중했다.

민혁이 그 사내의 앞에서 헛기침을 하며 말했다.

"하~ 저기가 마계의 탑?"

그는 창문 너머에 높게 솟아 있는 마계의 탑을 보았다.

"몇 층 되지도 않네, 저런 것쯤은 내가 하루면 올라가지."

그에 앉아서 술을 기울이던 마족이 피식 실소를 머금었다.

"다 그렇게들 생각하더군. 하지만 마계의 탑은 생각처럼 호락호락하지 않지."

"정말이요? 에이, 아닌 것 같은데, 외형도 딱 보기에도 보잘게 없어 보이는데요? 아, 내가 저거 아주 그냥 확! 정상에 올라버릴까 보다!"

"자네의 자만심에 황당하군."

"에이, 저것도 제가 발로 만들어도 더 잘 만들 것 같은데, 아니, 발로만 해도 깨겠는데요?"

그에 마족. 즉, 탑의 제작자 중 하나인 로벤이 흥분했다.

"발로만 해도 깬다? 정말 인간이란 자만심이 흘러넘치는군!"

"자만심이 아니라, 진짜인데요? 저는 저 탑의 1층도 10분이면 돌파합니다. 거짓말 같아요? 에베베베, 진짠데!!"

"이, 이런…… 미친 인간이……!"

"에베베베베! 손가락 두 개로도 깨겠다!"

"못 깨 인마!"

"올레~?"

민혁은 이 아저씨가 왜 그러나 하는 듯한 얄미운 표정으로 피식 웃으며 말했다.

"깨요~"

"못 깨!"

"깬다니깐~"

"못 깨!"

"깨요! 하하하하핫, 저는 지상 최고의 강자라고요!"

"……."

"……."

"……."

그 모습을 라면을 먹다가 보던 아르벨과 콩이, 코니르.

'자, 잘하는데? 보기만 해도 얄미워서 내기를 걸고 싶어!'

'역시 내 주인답다, 꿀!'

'우, 우아아아…… 혀, 형 멋있어……!'

그리고 곧 마족 로벤이 말했다.

"그렇다면 자네 나와 내기 하나 하지!"

그 순간 민혁은 고개를 갸웃했다.

'나 정말 못한 것 같은데, 왜 이런 거에 넘어오지?'

자신이 못했다고 생각하지만 어마어마하게 잘했다는 사실을 모르는 민혁이었던 것이다!

그리고 퀘스트창이 떠올랐다.

**[퀘스트: 마계의 탑 제작자 로벤과의 내기]**

등급: A

제한: 로벤이 내기를 제안한 자

보상: 마계의 탑의 정보의 일부

실패 시 페널티: 마계의 탑의 입장 불가

설명: 마계의 탑 제작자 로벤은 자신과 동료들이 만들어낸 마계의 탑에 엄청난 자부심을 가지고 있다. 그와의 내기에서 승리한다면 마계의 탑의 일부 공략 정보를 알 수 있다.

# 6장
# 좋은 놈, 나쁜 놈, 이상한 놈(1)

로벤은 정말이지 어처구니가 없을 수밖에 없었다. 고작 인간에 불과한 자가 마계의 탑을 하루면 정복하겠다고 하니 말이다.

물론 이러한 자만심에 가득한 자들은 차고 넘쳤다. 하지만 그의 특유의 약 올림(?)에 그는 발끈하고야 만 것이다.

마계의 탑이 어떠한 곳이던가.

마계의 탑은 마치 만리장성처럼 어마어마한 숫자의 마족들이 제작해 냈다. 또한, 수백 년 전의 마왕 바알과 마계의 주축 중 하나인 사대천왕이 함께하여 만들어냈다.

이제까지 한 번도 30층 이상을 공략해 낸 자가 없는 게 바로 마계의 탑이었다.

'이 건방진 녀석 같으니. 네 코를 납작하게 만들어주마!'

그리고 로벤은 말했다.

"60%. 신기록자의 점수의 60%를 내어 1층을 통과한다면 내가 자네를 인정해 주지."

"에에~? 60%요? 130%도 거뜬해요~"

"이 인간 녀석이 정말!"

그에 로벤은 발끈할 수밖에 없었다.

그리고 민혁이 아직도 살살살 그를 약 올리는 이유는 간단했다.

퀘스트 보상에 적혀져 있는 내용에 따르면 마계의 탑의 일부 정보라고 되어 있다. 하지만 잘만 구슬린다면 일부 정보에서 더 추가될 확률이 높기 때문이다.

"그렇다면 네놈, 이전 신기록을 깨지 못한다면 네가 가진 그 아티팩트 중 상당수를 나에게 바치는 게 어떤가?"

"음…… 그럼 신기록 세우는 걸 제가 해낸다면요?"

"탑에 대한 정보 중 알고 있는 것을 전부 알려주지!"

로벤이 이렇게 말할 수 있는 이유는 여러 가지가 있었다.

탑은 모든 정보를 안다고 해서 공략할 수 없는 것이었다. 10레벨짜리 유저가 고레벨 유저의 사냥터의 모든 보상과 공략 방식을 안다고 해도 깰 수 없는 것과 같은 이치이다.

그리고 민혁은 퀘스트가 변경되었다는 알림을 들었다.

그들이 발걸음을 옮겨 마계의 탑으로 향하기 시작했다.

그러던 중, 코니르가 말했다.

"코니르, 여기에서 라면 끓이고 싶다…… !"

"흐음?"

코니르는 생각보다 전투를 좋아하지 않았다. 그렇다고 해서 민혁은 녀석을 미워하거나 하지 않았다.

"올라가서도 끓일 수 있는데?"

그에 코니르가 당당하게 말했다.

"들어가면 시끄러워서 '고뇌'할 수 없다. 코니르, 고뇌해야 한다!"

고뇌의 코니르라?

어울리지 않았지만 코니르는 마치 연구진처럼 라면을 조용한 환경에서 연구하려는 것 같았다.

그에 민혁은 고개를 주억였다.

일단 코니르가 어디에서 당하고 살 아이는 아니었다. 아까 전에도 그를 공격했던 삼인방은 괴롭히는 것이 아닌, 오히려 신명 나게 혼나고 있었으니까.

또한, 필요하다면 코니르를 소환의 방으로 보낸 후에, 재소환하면 민혁의 앞에서 나타나기에 걱정을 더 덜 수 있었다.

"그럼 조심히 놀구 있어?"

"고마워, 형!"

코니르가 뛸 듯이 기뻐하며 쪼그려 앉았다.

그리고 민혁과 일행이 안으로 들어갔다.

마법 군주 아인칼은 세계 통합 랭킹 2위에 빛나는 마법사 유저였다. 그의 위로는 흔히 알려진 통합 랭킹 1위의 마법사 알렉스가 있었다.

알렉스와 아인칼의 차이는 1~2레벨 차이였지만 그 둘의 차이는 꽤 명확했다.

알렉스는 공식적인 세계 마법사 랭킹 1위인 만큼이나 마법을 사용하는 컨트롤이 뛰어났다. 심지어 적들의 스킬 캐스팅 시간을 예측하는 특별한 마법을 가지고 있었기 때문에, 그에 대비하는 마법을 사용하는 게 무척 난감한 존재가 알렉스였다.

하지만 그렇다고 마법 군주 아인칼이 꼭 알렉스보다 못한 면을 가지고 있는 것은 아니었다.

그는 황금 지팡이라는 길드를 이끌고 있었다. 황금 지팡이는 약 250명으로 구축되어 있었는데, 이 중에 150명 정도가 프랑스에서 마법사 랭커로 군림하고 있었으며 100명 정도가 궁수 랭커들로 구축되어 있다.

그리고 마법 군주 아인칼은 다름 아닌, 블랙스톤의 멤버 중 하나였다.

켄라우헬의 부름을 받고 마계 쉼터 앞에 도착한 그는 자신이 들고 있는 황금빛으로 번들거리는 지팡이를 휘둘렀다.

그러자 공간이 둥그렇게 찢어졌다.


[군주의 소환]
[길드 내의 지정된 대상자들을 불러옵니다.]

하루에 곧바로 소환할 수 있는 인원은 20~30명 정도였다.

군주 클래스는 특별하게도 '군주'라는 주 직업과 또 다른 주 직업을 가질 수 있었다. 군주 클래스를 가졌다고 해서 다른 직업에 대한 페널티가 전혀 적용되지 않았다.

찢어진 공간 안에서 황금 로브를 두른 마법사들과 궁수들이 걸어 나오기 시작했다.

'프라이팬 살인마라······.'

아인칼은 고개를 돌려 마계 쉼터를 바라봤다. 한 궁수 클래스가 발 빠르게 마계 쉼터 안으로 걸음을 옮겼다.

그리고 곧바로 나와 보고했다.

"없습니다."

"역시."

켄라우헬 님의 지시가 떨어지고 약 40분 정도가 지났다.

'금방 따라잡을 수 있겠지.'

그는 길드원들을 이끌고 마계의 탑 앞으로 향하고 있었다.

아직 군주 아크가 도착하지 않았다.

보통 원거리 공격자들만이 모인 황금 지팡이 길드였기 때문에 근접 길드가 주로 모인 길드를 이끄는 군주 아크가 와서 출발하는 게 효율적이다.

그렇게 탑을 향해 걸어가던 중, 아인칼이 눈살을 찌푸렸다.

"······저건 뭐야?"

정말이지 희한한 광경이 눈앞에서 펼쳐지고 있었다.

한 소년이 앉아서 무언가를 먹은 듯 보였다. 그리고 그 앞에는 정체 모를 모든 것이 검은 사내가 거대한 용 앞에 서 있었다.

거대한 용 앞에 선 그 남자가 말하기를.

"앉아."

척!

"일어서."

척!

"아이구, 내 새끼. 잘한다!"

그러면서 머리를 만져주더니 간식 하나를 던져준다. 그러자 간식을 맛있게 먹은 거대한 검은 용이 배를 발라당 까고 눕는 게 아닌가!

"……."

"……."

"……."

"저, 저거 용 아닙니까?"

"무슨 용을 강아지 훈련시키듯……."

그들이 말문을 잃었다.

그리고 앞의 소년은 까르르 박수를 치며 좋아하고 있었고 사내가 거대한 검은 용을 보며 말하기를.

"우리 독룡이 정말 귀엽지 않니?"

"컥, 이, 이름이 독룡이야……?"

"아, 아니, 진짜 무슨 용인데……."

분명히 독룡은 맞는 것 같긴 한데, 끝에 '이'가 붙으니 뭔가

친구 집 강아지 이름인 뽀삐를 보는 느낌이었다.

20분 전.

민혁이 올라가고 난 후 코니르는 고뇌에 빠졌다.

기본적인 라면을 가장 맛있게 끓이는 방법이 뭐란 말인가!

"끄아아아……. 코니르……. 어렵드아……."

코니르는 결국에는 털썩 주저앉고 말았다.

그때, 정체 모를 검은 가면을 쓴 사내가 마계의 탑 앞에 도착했다. 그러더니 바닥에 누워서 말똥말똥 눈을 빛내는 코니르를 보더니 말했다.

"꼬마야, 여기서 잠들면 감기 걸린다."

"코니르, 잠 안 잤다. 라면의 달인이 되기 위해 수련 중이다!"

"호오? 라면이라."

그에 검은 가면의 사내가 관심을 보였다.

그리고 코니르는 희한하게도 앞의 사내가 눈이 익었다. 본 것 같은데, 기억이 잘 나지 않는다.

그 사내가 말했다.

"목표가 있다는 것은 좋은 것이지. 네가 현재 달성하고자 하는 라면의 경지가 무엇이더냐."

그 물음에 코니르가 말했다.

"나는 가장 기초적인 라면을 가장 잘 끓이고 싶다!"

코니르는 마치 앞의 사내가 은둔 고수 같은 느낌이 풀풀 풍기자 지지 않겠다는 듯 힘 있게 말했다.

그에 잠시 고민하며 턱을 쓸던 사내. 그가 말했다.

"기초적인 라면을 가장 잘 끓이는 방법이라, 나는 얼추 알고 있지."

"그, 그게 뭔데?"

"바로 라면 끓이기 설명서대로 끓이는 것이다."

"……!"

코니르는 그 순간, 둔탁한 무언가로 머리를 강타당한 느낌이었다.

사내가 말했다.

"설명서에 적혀 있는 내용은 연구진들이 수십만 번의 연구 끝에 가장 맛있는 비율이 나오게 하는 설명서이지, 그러니 그렇게 끓이면 높은 경지에 오를 수 있을 거다."

그에 코니르가 곧바로 해봤다.

설명서대로 생수 550㎖를 넣고 팔팔 끓기 시작하자 라면과 수프를 넣었다.

그리고 민혁이 알려준 대로 면이 살살 풀리기 시작할 때에 젓가락으로 휘휘 들어 올려주었다.

"호오, 그러한 방법도 알고 있다니. 멋진 꼬마군."

"코니르! 칭찬받았다!"

앞의 사내는 아까 전의 그들과 다르게 어린아이에게 무척이나 호의적이었다.

그리고 라면 끓이기를 완성한 순간, 코니르에게 알림이 들려왔다.

**[1Lv 퀘스트 '최고의 라면 끓이기'를 완료했습니다.]**
**[패시브 스킬 '쫄깃한 면발'을 익히셨습니다.]**
**[2Lv 퀘스트 '라면과 라면의 조화'가 생성됩니다.]**

코니르는 '집념' 스킬에 의해 일반 가신이나 NPC들과 다르게 퀘스트 등을 받는다.

그리고 드디어 첫 번째 퀘스트가 달성되었다.

패시브 스킬 쫄깃한 면발을 확인한 코니르는 경악했다.

'……라면을 휘휘 저어줄 때, 남들보다 더 쫄깃쫄깃하게 만들 수 있다니. 우와!'

코니르는 경악했다. 그리고 그는 콩이 다음으로, 이 앞의 사내를 동경하게 되었다.

"우와! 아저씨 멋져!!"

"하하하하하. 해냈구나? 정말 잘되었어! 하하하하하!"

사내는 자신도 기쁜 것처럼 활짝 웃었다.

그러다가 코니르가 해맑게 물었다.

"아저씬, 누구야?"

"나는 흑염룡이란다."

그렇다. 그는 민혁의 아버지 흑염룡이었다.

마계에서 용기사를 만나 연계 퀘스트를 받아온 흑염룡은 마계의 탑에 파괴의 용이 잠들어 있다는 소식을 듣고 온 것이다.

"이름이 멋져!"

"고맙구나."

"흐음, 근데 코니르 두 번째 과제가 생겼어!"

"호오, 네 이름은 코니르였군."

"응! 두 번째 과제는 라면과 라면의 조화야, 끄응…… 조화가 뭐지? 코니르 어렵다!"

그 말을 듣고 있던 흑염룡. 그는 골똘히 생각하다가 말했다.

"조화라…… 꼬마야, 혹시 짜파구리라고 아니?"

"짜파구리?"

"그래."

"몰라!"

"자, 이제 내가 알려주는 대로 따라 하려무나."

민혁의 아버지 흑염룡은 항상 꿈꾼다. 자신의 아들 민혁이 완치가 된 날을 말이다.

그 때문에 그날을 기다리며 그는 항상 요리를 배우곤 했다. 녀석이 좋아할 만한 먹을거리를 식탁에 한가득 차려주고 싶었기 때문이다.

그러던 때에, 짜파구리라는 라면의 조합 요리를 알게 되었었다.

흑염룡은 코니르가 어설프지만 열심히 하자 흐뭇하게 웃으며 하나하나 가르쳐 주었다.

한없이 자상하고 친절한 흑염룡을 코니르 또한 잘 따랐다.

너구리짱 라면과 짜파게튀 라면의 수프와 면을 조화롭게 이용해 끓여낸 짜파구리. 그 위로 계란프라이까지 척척 올려줬다.

그 순간 코니르에게 알림이 울렸다.

[2Lv 퀘스트 '라면과 라면의 조화'를 완료했습니다.]
[패시브 스킬 '조화의 장인'을 익히셨습니다.]
[3Lv 퀘스트 '비빔면을 맛있게 먹는 방법'이 생성됩니다.]

코니르는 감탄했다. 그 덕분에 두 개나 달성하지 않았는가!

또한, 조화의 장인 패시브 스킬은 라면과 라면을 보기만 해도 어떤 것이 조화로울지 눈에 보이는 놀라운 스킬이었다.

"코니르, 흑염룡 아저씨 좋다! 존경한다!"

"하하하하하, 일단 먹자꾸나."

흑염룡이 만들어진 짜파구리 라면을 보았다.

계란프라이 한 장이 올라가 있는 짜파구리 라면. 젓가락으로 계란프라이를 조금 꾹 갈라낸 후에, 짜파구리 면과 함께 집어 들었다. 윤기가 좌르르르 흐르는 면발과 너구리짱 라면 수프의 매콤한 향에 침이 꿀꺽 넘어갔다.

"후루루루루루루룹!"

크게 한입 먹어준다.

일반적인 짜파게튀는 달짝지근한 맛과 올리브의 향이 어우러진다. 하지만 이 짜파구리는 그 맛에 더해진 매콤함이 있는데, 묘한 중독성이 있었다.

짜파구리를 다시 입에 후루루룹 넣다가 이번엔 계란프라이를 통째로 들어 올려 한입 베어 문다. 다소 느끼할 수 있는 맛의 짜파구리를 담백하고 보들보들한 계란의 맛이 잡아준다.

"으음, 코니르와 함께 만드니 아주 맛있구나."

"코니르도 너무 맛있어!"

어느덧 다 먹어준 후에, 흑염룡은 코니르와 이야기를 나누다가 그의 정체에 대해서 알게 되었다.

자신의 아들 민혁의 가신! 그리고 그가 꽤 익숙했던 이유가 마계 군단과의 전투 때 애를 먹이게 했던 좌절의 살육자라는 사실도 깨달았다.

하지만 그때와 다르게 지금은 어린아이일 뿐이기에, 위압감은 들지 않았다.

흑염룡은 코니르와 놀아주기 위해 독룡이를 소환했다. 본래 이름은 '독룡 암바카'였지만 녀석은 데스티나 브레트니보다 훨씬 더 애교가 많은 녀석이었다.

"앉아!"

그러자 독룡이가 빠르게 앉았다.

"우, 우와…… 머, 멋있어!"

"일어서!"

일사불란하게 움직이는 독룡이를 보며 코니르가 감탄했다.

어느새 독룡이가 배를 깠다. 그에 흑염룡이 흐뭇한 미소를 지었다.

바로 그때였다.

"용 테이머? 길 좀 비키지."

흑염룡이 고개를 돌리자 그곳에 황금 로브를 두르고 있는 수십 명의 인파가 있었다.

"아, 내가 길을 막고 있었군, 이거 미안하게 됐네."

그에 흑염룡이 서둘러 코니르와 함께 자리를 비켜줬다.

그들은 흑염룡과 코니르가 자리를 비켜주자 방금 전 그들이 비켜준 자리에 섰다.

"용을 부린다…… 한데, 용이 주인을 제대로 찾지 못한 것 같군."

방금 전 길을 비킬 것을 권유했던 사내의 말이었다.

어떻게 보면 먼저 통행 길을 막고 있던 것은 흑염룡과 코니르였기 때문에 그들로부턴 기분 나쁘게 다가올 수 있는 일이었을 수도 있다고 생각한 흑염룡은 털털한 웃음을 지으며 답했다.

"하하핫, 하지만 이 녀석은 나와 함께여서 매우 행복해하고 있다네. 그러면 된 거 아니겠나?"

"흠."

사내는 더 이상 말하지 않았다.

그때, 코니르가 말했다.

"우와! 황금 로브! 우오아아아! 멋져어!"

"……애새끼가 조금 모자라군? ×신인 건가?"

그렇게 말하며 선두에 섰던 사내가 그 둘에 대한 신경을 아예 끊으려고 했다.

그때, 가만히 있던 흑염룡이 말했다.

"말이 좀 심한 것 같군."

흑염룡이 미간을 구겼다.

"우리 사회에서 이런 아이들을 보면 당신은 그렇게 말하나?"

"그럼 ×신을 ×신이라고 하지 뭐라고 하지? 같은 뜻이잖나?"

흑염룡의 얼굴이 구겨졌다.

"사과를 했으면 하는데…… 우리 사회에 있는 이러한 사람들은 자네 말처럼의 그러한 존재가 아니라 단지 한 부분이 불편한 사람들일세. 사람은 결국에 나이를 먹을수록 몸 한두 구석쯤 불편해지지, 그 불편한 것을 우리가 이해하고 도와줄 수 있는 것이 '도덕성'을 배운 우리들이 아닌가?"

"푸흡, 용을 데리고 다니면 자기가 뭐라도 되는 줄 아나 보군."

다른 이가 낄낄 비웃었다.

흑염룡의 얼굴이 갈수록 굳어져 가기 시작했다.

"×신들끼리 끼리끼리 그러지 말고 이만 꺼지면 좋겠는데?"

그 말을 들은 흑염룡의 인내심이 한계에 다다랐다.

그 순간이었다. 그가 자신의 왼팔을 힘껏 쥐었다. 그러자.

쫘드드드드드드득-

[용 갑옷]

거대한 백색 비늘이 흑염룡의 팔을 시작으로 뻗어 나가기 시작했다.

이윽고 용의 머리까지 뻗어 나간 백색 비늘이 그를 완전히 감쌌다. 온몸이 백색 비늘에 뒤덮인 그는 마치 새하얀 비늘 갑옷을 두른 것 같았다. 그리고 투구는 용의 머리를 표현한 투구였다.

데스티니와 브레트니가 진화했을 때 스킬을 추가로 획득했다. 그중 하나가 바로 이 '용 갑옷'이었다.

탓-

그 순간, 흑염룡이 땅을 박차고 움직였다.

눈 깜짝할 사이 방금 전 말을 뱉었던 사내의 목을 어느새 틀어잡고 있었다.

목을 한 손으로 부여잡은 순간 빠른 속도로 사내의 온몸이 얼어붙기 시작했다.

그리고 완전히 얼음이 되었을 때.

쫘드득!

손아귀에 힘을 주자, 사내의 몸이 유리 조각처럼 와장창창 깨져 나갔다.

"그럼 지금부터 내가 도덕성이 뭔지 교육을 시켜주도록 하마."

찰나의 시간이었다. 고작 3초 남짓의 시간. 그 짧은 시간 만에 길드원 한 명이 강제 로그아웃 당했다.

정적이 지나갔다.

"……!"

"……!"

"……!"

아인칼과 황금 지팡이 길드원들은 말문을 잃었다.

방금 전, 강제 로그아웃 당한 길드원은 마법사 로베였다.

로베는 프랑스 국가에 속한 마법사들 중에서 스무 손가락 안에 드는 실력자였다. 그런 로베를 한 번에 보냈다?

'이, 이런 미친. 그 말은 로베의 마법 방어력보다 저자의 마법 공격력이 높다는 뜻인데?'

아인칼의 표정은 당혹스러움으로 물들었다.

아인칼의 가문은 꽤 이름 있는 프랑스의 귀족 가문이었다. 그 때문에 어려서부터 남을 배려하는 방법을 배운 적이 없는 그였다.

그런 그가 한 소년에게 무심코 내뱉은 말. 그 말 한마디에 벌어진 상황.

"공격해라!"

아인칼이 서둘러 지시를 내렸다.

랭커들이 모인 만큼, 마법사들이 빠른 속도로 마법을 준비하기 시작했다. 또한, 궁수들이 재빠르게 활시위에 화살을 걸고 쐈다.


[꿰뚫는 화살]
[강력한 화살이 적의 급소를 관통합니다.]
[드래곤 애로우]
[드래곤의 형상을 한 불의 화살이 적을 집어삼켜 소멸시킵니다.]
[난사]

[한 발의 화살을 쏠 때, 0.3초밖에 걸리지 않을 정도로 빠르게 난사합니다.]

퓨퓨퓨퓨퓨퓨퓨퓻!

꾸우우욱-

흑염룡이 발끝에 힘을 주었다.

땅이 파이며 그가 지면을 박차고 달렸다. 그 순간, 쇄도해 오는 화살 수십여 발이 보였다.

그리고 그의 오른팔이 움직였다.

"내 오른손의 그 녀석이 미쳐 날뛴다!!"

"……!"

"……무, 무슨!!"

"미친놈!"

하지만 곧 놀라운 이변이 일어났다.

흑염룡의 오른손에 뜨거운 화염이 타오르기 시작했다.

화르르르르륵-

그 화염이 모든 것을 집어삼킬 듯 타오르며 모습을 드러낸 것은 타오르는 듯한 검날을 가진 뼈로 구축된 검이었다.

용 갑옷과 함께 얻은 '용의 눈물 검'으로써 참으로 흑염룡이 얻을 법한 이름의 아티팩트였으며 이는 바로 브레트니가 검의 형상으로 변화한 것이었다.

수화아아아악-

흑염룡이 검을 휘두른 순간 검에 응축된 강력한 힘이 화살들을 향해 쇄도했다.

쏴아아아아아아아-

피피피피피피피핏-

그 힘과 부딪친 화살들이 그 힘을 발현하지 못하고 무용지물로 소멸되어 사라졌다.

그치지 않고 그 힘은 뒤에서 마법을 캐스팅 중이던 길드원 몇몇을 집어삼켰다.

"끄, 끄아아아악!"

"으아아아아악!"

"커헉!"

길드원들이 단 한 방에 재가 되어 사라졌다.

'여, 염병……!'

아인칼은 당황할 수밖에 없었다.

지금 저 사내는 혼자서 수십 명의 프랑스라는 국가에서 내로라하는 마법사와 궁수들을 상대하고 있었다. 아니, 오히려 압도하고 있었다.

그는 몰랐지만 흑염룡은 현재 몇 안 되는 '로열 클래스'라는 새로운 직업군의 후보였다.

이 로열 클래스는 오로지 각 직업군 내에서 최고의 반열에 오른 이들이 가지는 이름이다. 로열 클래스로 아직 전직하지 못했지만 그는 데스티니와 브레트니가 여의주를 통해 진화함으로써 그 전보다 더 몇 배는 강해졌다.

레벨 400의 유저가 스무 명이서 500레벨 유저 한 사람을 상대할 수 없듯이, 흑염룡의 강함은 막강했다.

심지어 용은 애초에 타고난 '마법 방어력'과 '마법 공격력'을 가진 존재들이었다.

용 갑옷과 용의 눈물 검을 사용하는 순간, 흑염룡은 비약적인 마법 방어력과 마법 공격력의 상승을 이루게 된다.

때문에 적들의 마법 방어력을 뚫고 강력한 스킬 대미지를 선사할 수도 있었으며 적들의 강한 마법 공격력의 대미지를 엄청나게 감소시킬 수도 있었다.

퍼직!

또 한 번.

흑염룡이 빠르게 움직여 한 마법사의 목을 부여잡고 그대로 땅에 처박았다.

화르르르르르륵-

[데스티니의 분노]
**[거대한 화염이 활화산처럼 폭발합니다.]**

콰아아아아아아아앙-!

거대한 폭발이 일어나며 주변의 마법사들을 집어삼켰다.

곧이어 마법 캐스팅을 끝마친 그들이 마법을 난사하기 시작했다.

[파이어 스피어]

[라이트닝]

[파이어 필드]

[파이어 스톰]


쫘르르르르르! 꾸르르르르르르르!

거대한 공격 마법들이 흑염룡을 향해 쇄도했다.

그가 땅을 주먹으로 내려친 순간.

쫘드드드드득-

거대한 뼈로 이루어진 방패가 생겨났다. 흑염룡이 그 방패 뒤로 숨어서 충격을 대비했고 곧이어 충돌했다.

콰아아아아아아앙-

하지만 강력한 마법들은 흑염룡의 뼈로 구축된 방패를 꿰뚫지 못했다.

그리고 그 순간.

"나는 코니르!! 흑염룡을 괴롭히면 나도 화난다!!"

풋-

"컥!"

풋풋-

발 빠르게 코니르가 움직이기 시작했다.

신출귀몰한 움직임이었다. 코니르가 마법사들 사이사이를 누비며 단칼에 강제 로그아웃시켰다.

'이런 말도 안 되는……!'

아인칼로서는 어처구니가 없는 상황이었다.

저 지체 장애인이 저런 강자였다니?

또한, 가뜩이나 강력한 코니르인데, 거기에 기초 HP량과 물리 방어력이 낮은 마법사들인데 오죽하겠는가?

심지어 배를 발라당 깠던 귀여운(?) 독룡이가 강력한 독을 폭사하기 시작했다.

**[독룡의 맹독]**
**[직격하는 순간 정신을 차릴 수 없습니다.]**
**[마법 캐스팅이 무효화됩니다.]**

"이, 이런 젠장할!!"

"빌어먹을!!"

황금 지팡이는 프랑스의 3대 길드 중 하나였다. 그러한 3대 길드의 기둥들이 이 자리에 있다는 거다.

마법사들이 당혹할 때.

콰아아아아아앙-

거대한 번개가 내리치며 코니르를 튕겨냈다.

"빌어먹을 새끼들, 이건 안 쓰려고 했건만."

그는 아인칼이었다.

그는 스파크가 튀기는 작은 완드를 들고 있었다. '번개의 바람 완드'였다.

자그마치 전설 아티팩트. 아니, 전설 아티팩트에서도 훨씬 더 뛰어난 반신 아티팩트 급에 달하는 힘을 발하는 아티팩트였다.

번개의 바람 완드는 휘두를 때마다 강력한 번개 마법을 발현시킨다. 대신에 마력 소모가 1.5배 추가로 이루어진다.

강력한 번개 마법을 캐스팅 없이 바로바로 부릴 수 있다는 것은 이제껏 근접전에서 최약체라고 불렸던 마법사를 완전히 보완해 줄 아티팩트다.

그가 완드를 휘두른 순간.

콰콰콰콰콰콰쾅!

수십 개의 번개가 떨어지며 코니르와 흑염룡을 강타했다.

"크흠!"


**[강력한 번개에 직격당했습니다.]**

**[3초 동안 스턴 상태에 빠집니다.]**


과연 프랑스 국가의 마법사 랭킹 1위. 그리고 세계 마법사 통합 랭킹 2위 다운 면모였다. 다른 마법사들과 다르게 그의 마법 공격은 고스란히 흑염룡에게 박혔다.

그때 아인칼은 공격하지 않고 말했다.

"이쯤에서 서로 그만하지, 아까 일은 사과하도록 하겠어."

아인칼은 계속 싸우다간 양측의 피해만 커진다고 여겼다. 아니, 정확히 말하자면 자신들이 무척 창피한 일이 벌어질 것만 같았다.

"앞으로는 몸이 조금 불편한 사람들을 만나면 친절해졌으면 좋겠군."

흑염룡은 잠깐의 틈을 타서 공격을 시도할 수 있음에도 말하는 그를 보며 그제야 마음을 누그러뜨렸다.

그가 멈추자 코니르도 멈췄다.

"그, 그래. 알았으니까. 꼬마야, 이번엔 내가 정말 미안했다."

씩씩거리는 코니르를 보며 아인칼이 말했다.

하지만 속으론 이런 생각을 했다.

'내가 저딴 지체 장애인 꼬맹이한테…….'

그리고 곧 흑염룡이 말했다.

"가자, 코니르. 사과도 받았으니."

"코니르! 흑염룡 아저씨 말 따른다."

두 사람이 움직였다.

그러다 아인칼이 자신도 모르게 중얼거렸다.

"프라이팬 살인마를 잡으려면 전력 손실은 최소화하는 게 맞다. 이쯤에서 그만하는 게 맞는 거니, 화들 가라앉혀라."

그는 화가 머리끝까지 난 길드원들을 보며 이해시키고 있었다.

그리고 바로 그때, 흑염룡이 몸을 돌렸다.

"생각해 보니, 여기에서 전부 죽어줘야겠네."

마계 입구.

그곳에 도착한 또 다른 군주 아크는 다소 투박해 보이는 가죽 갑옷에 양손을 붕대로 감은 격투가 클래스였다.

마법 군주 아린칼이 마법사 부대와 궁수 부대를 이끈다면 아크는 근접 클래스들을 주로 이끄는 사내였다.

세계 공식 무투가 랭킹 4위에 빛나는 그는 아린칼과 다르게 마계 입구 쪽이 지정되어 있지 않았다.

'지정'이란 말 그대로 그들이 가본 곳이다.

대부분 소환서, 귀환서 등등은 본인들이 가본 곳에서만 적용된다. 아직 가보지 않은 아크는 마계의 탑 인근이 저장되어 있지 않아, 여기에서부터 빠르게 도달할 생각이었다.

육십 명이 넘는 근접 클래스들이 발 빠르게 멀리 보이는 마계의 탑을 향해 움직이기 시작했다.

"길마님, 먼저 프라이팬 살인마를 때려잡는 자는 켄라우헬 님께서 보상을 주시겠죠?"

"그렇겠지."

아크는 뜨거운 피가 끓어올랐다.

그는 격투가로서 프라이팬 살인마의 영상을 볼 때마다 호승심을 느끼곤 했다. 그는 올림픽 금메달리스트 카르도 이기지 않았는가. 그 때문에 그는 한 번쯤 프라이팬 살인마와 싸워보고 싶었다.

'물론 일방적이겠지만.'

아무리 프라이팬 살인마라고 해도 이 많은 숫자를 감당할 순 없지 않겠는가.

그러한 생각을 하며 걸어 들어갈 때였다.

갑자기 한 사내가 그들의 앞을 막아섰다. 사내는 검은색 로브를 두르고 있었고, 스태프를 쥐고 있었다.

그가 스태프를 쥐고 있었기 때문에 소매가 저절로 내려가 있었다. 그리고 손목에 그려진 표시가 적나라하게 모습을 드러냈다.

"X표……?"

아크 또한 원디스라는 만화를 본 적이 있었다. 그 때문에 X가 무엇인지 눈치챘다.

"동료의 증표?"

그들의 앞에 선 X표의 주인은 당연하게도 검은 마법사 알리였다. 검은 마법사 알리 또한 마계의 탑으로 향하고 있던 중이었다.

그 이유는 간단했다. 그는 얼마 전, 흑염룡과 마찬가지로 '로열 클래스'의 후보가 된 것이다.

검은 마법사 알리가 로열 클래스로 전직했을 시의 전직명은 '대마법사 멀더런의 후예'였다.

멀더런. 과거 대마도사 아필드와 필적했던 또 다른 마법사가 멀더런이라고 할 수 있었으며 모든 마법사의 아버지이자 우상이었다.

그러한 그는 방금 전 그들이 나눈 이야기를 듣고는 알 수 있었다. 이들이 지금 노리는 사람이, 누구인지.

'감히 나의 동료를……'

알리에게 민혁은 왕의 전당에 오를 수 있게 도와준 은인이었으며 이천년설삼을 얻을 수 있게 함으로써 한계를 딛고 세계 공식 마법사 랭킹 1위인 '알렉스라는 자와의 격차를 크게 벌리게 해준 장본인이었다.

또한, 서글서글한 웃음과 유쾌한 민혁을 알리는 정말이지 좋아했다.

그리고 한 가지 사실. 마계에 먼저 발을 들인 유저가 나타나고 얼마 지나지 않아서 아테네 공식 홈페이지에 한 가지 사실이 기재되었다.

이 사실은 바로 이것이었다.

[마계에선 짙은 마기의 영향에 따라 사람을 죽인 자를 벌하는 신인 바데스의 영향력이 닿지 않습니다.]

이는 간단하게 해석된다.

바데스라는 신은 '카오'의 신이었다. 즉, 그의 영향이 닿지 않는다는 것은 유저 간의 PK가 허용된다는 거였으며 남을 죽여도 카오가 되지 않는다.

그 이유를 예상해 본다면 이러했다.

'마계는 유저들이 겨룰 수 있는 하나의 장이다.'

마계에 오는 자들은 보통 각자의 국가에서 내로라하는 자들이 대다수였다.

그리고 각국의 랭커들은 원했다. 어서 빨리 세계 각국의 랭커들과 겨뤄보고 싶다. 서버 통합이 서둘러 되었으면 좋겠다!

간지러운 유저들의 그 부분을 긁어줄 콘텐츠가 바로 '마계'인 것이다.

"이봐, 다치기 싫으면 꺼져."

아크는 얼굴을 잔뜩 구기며 으르렁거렸다.

그가 누구인지는 모르지만 마법사라는 존재와 근접형 존재와의 전투는 완전한 상극이었다.

마법사는 민첩과 체력, 힘, 방어력 자체가 매우 낮은 편에 속한다. 그들이 힘을 발할 때는 대부분 광역 마법이라고 할 수 있을 것이다.

또한, 마법들 대부분이 시전 시간이 오래 걸리는 편이었다. 시전 시간이 오래 걸리는 마법사, 심지어 민첩도 낮기 때문에 근접 캐릭터들에게 바로 잡힌다. 때문에 앞의 누더기 같은 검은 로브를 두른 마법사는 '3초 컷'이 가능한 상대라고 그는 믿었다.

심지어 자신이 현재 가려고 하는 곳엔 알렉스 다음의 실력자 아인칼 또한 있지 않은가?

그때, 사내가 말했다.

"내 동료를 괴롭히는 자는 내가 용서하지 않는다."

"……뭔 이런 오타쿠 같은 대사를."

아크는 황당함에 웃음 지었다. 하지만 그 웃음은 곧 지워질 수밖에 없었다.

알리가 스태프를 힘껏 휘둘렀다. 그 순간, 스태프에서 뻗어 온 강력한 힘이 아크를 뒤로 퉁겨냈다.

파아아아앙-

"……!"

뒤로 아크가 튕겨난 순간이었다. 과연 근접 클래스 랭커들답게 적들이 매우 빠른 반응 속도를 보이며 알리에게 쇄도했다.

파앗-

그 순간, 알리가 검은 기류에 휩싸여 사라졌다.

그리고 그가 나타난 곳은 방금 전 자신을 잡기 위해 손을 뻗었던 이의 옆이었다.

"매직 미사일."

"푸하하하! 매직 미사일로 뭘 하겠……!"

사내가 말을 끝맺기 전이었다.

콰아아아아앙-

거대한 폭발음과 함께 사내가 뒤로 날아갔다.

"커헉!"


**[매직 미사일에 당하셨습니다.]**
**[3초 동안 스턴 상태에 빠집니다.]**


매직 미사일은 마법사로 전직하면 기본적으로 주어지는 가장 기초적인 마법이었다. 그리고 보편적으로 알려져 있는 매직 미사일에 당했을 시에 스턴 상태에 빠진다.

한데, 그 스턴 상태는 보통 1초 정도였으며 마법사의 마법 공격력이 상대방에 비례해 약 5배 이상 높지 않은 이상 스턴에 빠지지 않는다.

그런데, 지금 이 상황은 뭐란 말인가? 심지어 매직 미사일에 의해, 그의 HP가 자그마치 30% 이상이 하락해 있었다.

바로 그때 길드원들이 빠르게 거리를 좁히려 했다.

그 순간, 알리의 기다란 검지 손가락이 펼쳐졌다. 그리고 손가락 끝에서 생성된 하얀색의 구가 방금 전 공격 당해 스턴 상태에 빠진 사내. 즉, 겔른을 강타했다.

콰아아아앙-

"크허억!"

그 순간 겔른에게 또다시 알림이 울렸다.


**[매직 미사일에 당하셨습니다.]**
**[3초 동안 스턴 상태에 빠집니다.]**


"미, 미친……! 또 스턴 걸렸어!"

스턴은 마법 공격력이 5배 비례한다는 조건도 있지만 확률적으로 걸린다. 그런데 또다시 걸리다니?

길드원들이 다시 거리를 좁히려는 순간.

콰아아아앙-

알리가 또다시 생성한 매직 미사일이 단숨에 겔른을 후려쳤다.

"크아아아아악!"

그에 주춤거리던 길드원들은 눈을 맞췄다. 겔른은 포기해야 한다.

하지만 그를 알리 또한 예상했다.

팟-

검은 기류가 되어 사라지며 검은 마법사 알리는 마지막으로 겔른에게 또 한 번 매직 미사일을 먹였다.

콰아아아앙—

[매직 미사일에 당하셨습니다.]
[3초 동안 스턴 상태에 빠집니다.]
[강제 로그아웃 당합니다.]

겔른은 거의 최초로 레벨 440을 넘어서고 매직 미사일에 죽은 유저가 된 셈이다.

하지만 그 상대가 나빴다. 알리는 로열 클래스인 대마법사 멀더런의 후예가 되면서 '마법 조합'이라는 것을 비롯한 스텟 상승 등의 효과를 보았다.

그리고 그가 방금 전 사용한 매직 미사일은 일반적인 매직 미사일에서 훨씬 더 강력한 힘을 가진 매직 미사일로 변화되었다. 마법 방어력을 무시하는 마법 중 하나와 조합된 이 매직 미사일은 이제 어마어마한 힘을 낸다.

물론, 아직 조합 가능한 것이 많지 않았기에 한계가 명확했다. 하지만 완전한 로열 클래스가 된다면 달라지리라.

그리고 길드원들이 알리를 향해 미친 듯이 쇄도해 왔다.

[권룡의 폭격]
[용처럼 강력한 힘으로 공격하는 발의 내리찍기.]

[매의 낚아채기]
[귀신처럼 빠르게 움직여 적을 단숨에 잡아채 바닥에 200%의 대미지로 내리꽂습니다.]

그들이 제각각의 기술을 시전하며 좁혀오고 있었다.

그 순간, 알리가 다시 검은 기류가 되어 사라졌다.

수화아아악-

그리고 어느덧 그들의 위에 나타나 있었고 그 주변으로 수십 발의 매직 미사일이 만들어져 있었다.

콰콰콰콰콰콰콰콰쾅-

수십 발의 매직 미사일이 폭격처럼 유저들의 머리 위로 쏟아졌다.

[매직 미사일에 당하셨습니다.]
[3초 동안 스턴 상태에 빠집니다.]
[매직 미사일에 당하셨습니다.]
[3초 동안 스턴 상태에 빠집니다.]
[매직 미사일에 당하셨습니다.]
[3초 동안 스턴 상태에 빠집니다.]

"이, 이런 미친……!"

"무슨 이딴 경우가 다 있어!!"

"커헉!!"

그들은 경악할 수밖에 없었다. 고작 매직 미사일에 맞고 반절 정도의 유저들이 스턴 상태에 빠진 것이다. 로열 클래스 후보와 아닌 유저들의 명확한 차이점이었다.

그와 함께, 알리의 스태프가 움직였다.

"미친……! 저장 마법이다!"

그와 함께 거대한 파이어 스톰 세 개가 연달아서 몸을 움직이지 못하는 길드원들의 속 안에서 발현되었다.

꽈드드드드드득! 꽈드드드드득!

"끄, 끄아아아악!"

"으, 으아아아악!"

검은 마법사 알리는 사기적이었다. 근접 클래스와 마법사 클래스가 함께 붙는다면 분명 마법사 클래스가 패한다는 것을 무시한다.

그 결정적인 이유는 바로 그의 매직 미사일과 빠른 블링크 마법이었다.

블링크 마법은 본래 쿨타임이 상당하다. 하지만 새로 획득한 힘 중 '지정 능력 쿨타임 대폭 감소'라는 게 존재했다. 그를 통해 그의 블링크는 평소보다 1/5 쿨타임밖에 되지 않는다.

순식간에 열 명이 넘는 길드원들이 죽었다.

알리가 또 한 번 마법을 사용하려는 그 순간이었다.

콰아아아아아아아악-

거쎈 파공음이 들려왔다. 위험을 직감한 알리가 서둘러 실드를 생성했다.

"실드! 실드! 실드! 실드! 실드!"

연달아 겹겹이 형성되는 실드!

그와 함께 날아오는 존재가 누구인지 알 수 있었다. 바로 격투가이자 길드 마스터인 아크였다.

[권신의 주먹]

[방어력 40%를 무시해 버리는 추가 대미지 200%의 주먹이 단숨에 적의 몸을 관통합니다.]

콰자악-

하얀빛이 서린 주먹과 실드가 충돌한 순간이었다.

쩌저저적-

엄청난 방어력을 자랑하는 검은 마법사 알리의 실드에 균열이 생겨나며 와장창 깨져나갔다.

콰아아아앙-

순간적으로 알리가 빠르게 블링크를 사용, 피해낸 순간이었다.

탓-

엄청난 빠르기로 쇄도한 아크가 거대한 주먹을 휘둘렀다.

콰아아아앙-

그 순간, 알리가 스태프를 휘둘렀다. 스태프에 실드가 겹겹이 쌓이며 그의 주먹과 충돌했다.

콰지익-

"네놈이 바로 검은 마법사 알리였군……!"

아크는 이제야 알 수 있었다.

실제로 세계 공식 마법사 랭킹 1위는 알렉스였다. 그렇지만 그보다 더 높은 수준에 이른 마법사 유저가 한 명 존재한다는 말을 들었다.

그는 대한민국에서 마계 침략 당시에 큰 활약을 펼쳤다고 했다.

하지만 세계 각국에서 활동하는 랭커들 중, 자신들의 국가에서 이름을 알리는 랭커들은 엄청나게 많았다.

그러한 랭커들을 다른 나라의 랭커라고 하여서 모두 알고 있는 경우는 드물었다. 그나마 세계 최고의 마법사는 알렉스가 아니다. 라는 말을 얼핏 들었기에 유추할 수 있었을 뿐.

스태프를 맞댄 알리는 조소만 흘렸다.

"도대체 우리한테 이러는 이유가 뭐냐!!"

그에 알리가 말했다.

"내 동료의 털끝 하나 손대지 못하게 할 거니까."

쐐에에에에에엑!

그 순간, 알리의 주변으로 거대한 마력이 휘몰아쳤다.

"……!"

그리고 아크는 경악할 수밖에 없었다.

'서, 설마……?'

과거 아테네 공식 홈페이지에서 마법사의 '근접전 단점'을 보완할 방법에 대해서 오픈된 적이 있었다.

하지만 이는 최고의 반열에 오른 유저만이 할 수 있을 거라

공표했다. 일단 8클래스의 마지막 단계에 이르러야 했으며 마력량 등이나 이러한 것도 최고여야 했다.

그러한 단점을 보완할 능력.

'더, 더블 캐스팅……?'

다른 마법들을 캐스팅하며 은밀하게, 광역 마법을 캐스팅 준비한다.

지금 알리가 그랬다.

"라이트닝 스톰."

쫘드드드드드드득- 파지지지지지지지직-

거대한 번개 폭풍이 알리의 코앞에 있던 아크를 집어삼켰다.

"크아아아아아아악!"

켄라우헬.

그의 입가에 작은 미소가 생겨났다.

**[마계의 탑 30층 신기록을 달성하셨습니다.]**
**[로열 클래스 파멸의 마에스트로의 단서를 추가 획득합니다.]**

그 또한, 로열 클래스에 다가선 유저 중 한 명이었다.

로열 클래스의 조건은 유저마다 다양했는데, 켄라우헬의 경우 일단은 마계의 탑 30층에서 신기록을 달성하는 것이었다.

이어서 그의 앞으로 단서가 펼쳐졌다.

차라라라라락-

**[34층에서 마계의 수문장 켈베로스를 스킬 사용 없이 사냥할 것.]**

켄라우헬은 고개를 끄덕였다.

이제 둘 중 하나.

켈베로스를 사냥한다면 로열 클래스로 전직하거나. 혹은 또 다른 단서가 나오거나.

확실한 것은 하나 있었다.

그는 피부로 느끼고 있었다. 이제 곧 로열 클래스가 될 것이다. 아마도 최초의 로열 클래스 유저는 월드 메시지가 강타할 터였다.

그렇게 걸음을 옮기던 때였다.

[바쿠르: 켄라우헬 님. 황금 지팡이의 1마법대장 바쿠르입니다. 지금 정체를 알 수 없는 용을 부리는 테이머와의 충돌로 인해 많은 길드원이 피해를 입고 있는 상황입니다.]

"……?"

켄라우헬의 얼굴에 의아함이 서렸다.

용을 부리는 테이머? 그자에게 황금 지팡이의 길드원 전부가 애를 먹고 있단 말인가?

[켄라우헬: 상황은?]

그리고 5분 정도가 지났을 때, 답장이 왔다.

[바쿠르: 저도 결국 로그아웃 당했습니다. 현재 약 30명가량이 강제 로그아웃 당했습니다. 정신 지체 장애를 앓는 소년과 용 테이머에게요.]

잠시 말문을 잃고 있다가 귓속말을 보내려던 때였다.

[카시오: 켄라우헬 님, 갑자기 검은 마법사 알리가 습격을 가해오기 시작했습니다.]

"……!"

검은 마법사 알리.

세계의 모든 랭커들의 정보를 수집하는 켄라우헬은 그를 알았다. 알렉스조차도 잡지 못할 마법사 알리. 그가 어째서, 블랙스톤 멤버를 습격했는가?

[켄라우헬: 그쪽 상황…….]

그리고 켄라우헬은 귓속말을 하다가 그 말을 채 끝맺지 못했다.

[새롭게 1층 신기록을 갈아치운 유저 '익명'이 탄생합니다.]
[기존 신기록자와의 격차가 상당히 큽니다.]

"······!"
켄라우헬의 눈이 크게 떠졌다.
누군가 자신의 기록을 깼다.

to be continued

# 막장 악역이 되다

**크레도** 퓨전 판타지 장편소설
WISHBOOKS FUSION FANTASY STORY

자고 일어나니 소설속, 그런데……

## [이진우]

재벌 3세, 안하무인, 호색남, 이상 성욕자, 변태.
가장 찌질했던 악역. 양판소에나 등장할 법한 전형적인 악인.

### "잠깐, 설마…… 아니겠지."

소설대로 가면 끔찍하게 죽는다.
주인공을 방해하면 세계는 멸망한다.

# 막장 악역이 되다

흙수저 이진우의 티타늄수저 악역 생활!

# 만 년 만에
# 귀환한
# 플레이어

나비계곡 퓨전 판타지 장편소설
WISHBOOKS FUSION FANTASY STORY

어느 날, 갑작스럽게 떨어진 지옥.
가진 것은 살고 싶다는 갈망과 포식의 권능뿐.

일천의 지옥부터 구천의 지옥까지.
수십만의 악마를 잡아먹고 일곱 대공마저 무릎 꿇렸다.

**"어째서 돌아가려 하십니까?"**
**"김치찌개가… 김치찌개가 먹고 싶다고."**

먹을 것도, 즐길 것도 없다.
있는 거라고는 황량한 대지와 끔찍한 악마뿐!

**"난 돌아갈 거야."**

# 「만 년 만에 귀환한 플레이어」